文春文庫

明日のことは知らず

髪結い伊三次捕物余話

宇江佐真理

目次

明日のことは知らず

髪結い伊三次捕物余話

◎主要登場人物

伊三次《いさじ》　廻りの髪結い職人。そのかたわら不破龍之進の小者をつとめている。

お文《ぶん》　伊三次の女房で日本橋の芸者をつづけている。

伊与太《いよた》　伊三次とお文の息子。絵師になるため修業中。

お吉《きち》　伊三次とお文の娘。

不破友之進《ふわとものしん》　北町奉行所臨時廻り同心。

不破龍之進《ふわりゅうのしん》　北町奉行所の定廻り同心。友之進といなみの息子。

いなみ　友之進の妻。

茜《あかね》　友之進といなみの娘。

きい　龍之進の妻。

九兵衛《くへえ》　伊三次の弟子。

松助《まつすけ》　不破家の中間から岡っ引きに。

おふさ　松助の妻。伊三次の家の女中。

佐登里《さとり》　身寄りがなかったが、松助、おふさの元で息子として育てられる。

あやめ供養

一

八丁堀・亀島町《かめじまちょう》にある不破《ふわ》家の組屋敷を出ると、まるで夏を思わせるような陽《ひ》の光が伊三次《いさじ》の眼を射《い》った。ひと仕事終えた安堵感もあり、伊三次は眼を閉じて大きく深呼吸した。昨日まですっきりしない天気が続いていたので、なおさらその朝が清々しく感じられる。空は雲ひとつない快晴だった。これから梅雨《つゆ》を迎えるので、本格的な夏は、まだ少し先だが、それでも久しぶりの日本晴れは伊三次の気持ちを明るくしていた。

弟子の九兵衛《くへえ》も眩《まぶ》しそうな眼をして「親方、今日の丁場《ちょうば》（得意先）は深川ですかい」と訊《き》いた。ああ、そのつもりだ、と伊三次は応《こた》えた。廻《まわ》り髪結いの伊三次は日本橋界隈、本所、深川に贔屓《ひいき》の客がいる。その客の所を三日置きぐらいに交代で廻っていた。上得意は日《ひ》髪《がみ》・日《ひ》剃《ぞ》りの北町奉行所臨時廻り同心の不破友之進《ともの しん》と、その息子の、同じく北町奉行所の定廻り同心を務める龍之進《りゅうのしん》だ。二人の手間賃は晦日《みそか》にまとめて受け取っている。

「近頃は深川の客もめっきり少なくなりやしたね。年寄りの客はお陀仏になるし、若い者は手間賃の安い出床《でどこ》に流れるし、全くこの先どうなるのかと考えると気が滅入りますよ」

九兵衛はくさくさした表情で言う。二十六歳になった九兵衛は幼さも抜け、一丁前の男の顔をしている。だが、笑うと糸のように眼が細くなり、無邪気な表情も見せる。

「だな」

伊三次は力のない相槌《あいづち》を打った。確かに以前と比べ、客の数は減っている。廻り髪結いを悠長に待っている時代でもないのだろうか。髪を結い直したいと思ったら、すぐさまやらなければ気が済まないせっかちな人間も増えている。両国広小路に行けば大川を背にして髪結床が並んでいる。そういう場所にあるものを出床と呼んでいる。町内にある髪結床はこれに対し内床《うちどこ》と呼ぶ。出床に行けば、さほど待たされずにやってくれ、しかも手間賃が安い。いや、こっちは手間賃が高い分、丁寧にやっているつもりだし、出床よりも頭の保《も》ちが違うと言ったところで通用しなかった。早さと安さが優先されるのもご時世なのだろうか。

「梅床《うめどこ》の親方は、もはや手前ェ《てめ》で仕事ができねェくせに床を譲ると言わねェ。何考えているんですかねえ」

梅床とは京橋《きょうばし》の炭町《すみちょう》にある髪結床で、そこは伊三次の姉の連れ合いが営む見世《みせ》だった。

しかし、主《あるじ》の十兵衛《じゅうべえ》は数年前から中風《ちゅうぶう》を患《わずら》い、寝たり起きたりの状態だった。梅床は場所柄、贔屓の客も多いことから、伊三次は廻りの仕事の合間に梅床を手伝っている。幸い、九兵衛が何んとか一人前の仕事をするようになったので、伊三次は、それほど忙しい思いはしていない。日本橋界隈の丁場を廻る時は、その前に梅床へ顔を出し、二、三人の客をやっつけるが、深川、本所となると、道中に刻《とき》を喰われるので、不破家の仕事を済ませると、まっすぐ、そちらへ向かうことにしていた。

「梅床の親方は倅《せがれ》に床を継がせてェのさ。この節、髪結床の株を手にするのも至難の業《わざ》だからなあ」

伊三次は遠くを見るような眼で言う。髪結床の株は高額で取り引きされる。百両の値がつけられることも珍しくない。それゆえ、髪結床の主は商売ができなくなっても、おいそれと株を手放そうとしないのだ。かつては伊三次も株を持つことに躍起となった時期があった。それは様々な事情で叶わなかった。今は商売道具の入った台箱《だいばこ》ひとつを持ち、廻り髪結いをするのが自分の身丈《みたけ》に合った生き方だと了簡《りょうけん》しているが、時々、床を構えていれば、身体が楽だろうなと思うことはある。四十を過ぎると、深川、本所に行って戻ると、ひどく疲れを覚えるようになった。あと何年、元気に仕事ができるだろうか。伊三次はこの頃、そんなことを考える。

「だったら、梅床の親方は早く倅を呼び寄せたらいいんですよ。確か、一番下の倅は髪結いをしているんでげしょう？」

九兵衛は不満そうに言葉を返した。

「ああ。だが、松吉《まつきち》は梅床を継いだら、ついでによいよいの親父の面倒を見なけりゃならねェと思っているのよ。親の面倒を見るのは長男だと、昔から言っていた奴だから」

松吉は十兵衛の末っ子の名前だった。なかなか利《き》かん気の男だが、子供の頃から伊三次を慕《した》っていた。

「しかし、その長男だって、下手《へた》を打って江戸からとんずらしているんですよね。どうにもなりやせんやね。そこで義理の弟の親方をいいように使っているのが、おいらは気に喰わねェ訳で」

九兵衛は伊三次の肩を持つ言い方になる。ありがたい弟子だと伊三次は思う。

「ま、後のことは姉ちゃんがうまくやってくれるはずだ。おれ達が先のことを考えても始まらねェわな」

伊三次はさり気なく、その話を仕舞いにした。

「それもそうですが……そいじゃ、おいらはこれから梅床に行ってきまさァ」

九兵衛は思いを振り切り、さばさばした口調で言った。九兵衛は特別なことがない限り、不破家の髪結いご用を済ませると梅床に行って夕方まで仕事をしていた。

「頼んだぜ。夕方には顔を出す」

「わかりやした」

九兵衛は身軽な足取りで七軒町《しちけんちょう》の方向に去って行った。伊三次は亀島町川岸《かし》を北へ向かって歩きながら、短い吐息が出た。九兵衛の愚痴《ぐち》は無理もなかった。無理をして梅床を手伝っているが、晦日に姉のお園《その》が伊三次へ渡す手間賃は話にならないほど安かった。それは裏で十兵衛が、身内にまともな銭を払うことはないと指図しているからだろう。手前勝手な理屈を捏《こ》ねるところは病《やまい》になっても変わっていなかった。

いっそ、やめてしまえば気が楽なのだが、傍《そば》で苦労しているお園を見ると、とてもそれはできなかった。松吉が梅床を継ぐとなれば、十兵衛は、あい、ご苦労さん、もう来なくていいぜ、と平気な顔で言うに決まっている。それを考えると無性に腹が立つ。挙句に貧乏籤《くじ》ばかり引いている自分にも嫌気《いやけ》が差した。

「くたばりやがれ！」

思わず悪態《あくたい》も口をついて出た。その時、北島町《きたじまちょう》の通りから、ひょいと出て来た男が、驚いた様子で立ち止まった。伊三次の悪態が自分に向けられたものと思ったのだろう。

「いや、独り言です。気にしねェでおくんなさい」

伊三次は取り繕《つくろ》って謝《あやま》った。だが、男はこちらをじっと見つめたままだった。謝っても承知しない輩《やから》だろうかと伊三次は身構えた。男は菅笠《すげがさ》を被《かぶ》り、背負い籠《かご》をしょっていた。

「朝からろくでもねェ悪態をついて、どうしたっていうのさ」

だが、鼻に掛かったような声が聞こえた時、伊三次に笑いが込み上げた。男は深川の入船町《いりふねちょう》で小間物屋と花屋を営む直次郎《なおじろう》に思えた。かつては浅草界隈の掏摸《すり》だったが、足を洗って堅気《かたぎ》になったのだ。

「直次郎か？」

伊三次はおそるおそる訊く。

「あちしが直次郎じゃなかったら誰になるのよ」

皮肉な口調で応え、直次郎は笠を取った。若い頃より顔はふっくらして見えるが、細身の身体は変わっていなかった。伊三次より二つ、三つ年下だから、直次郎もそろそろ四十の声を聞く。

「久しぶりだなあ。お前ェのことは気にしていたんだが、何しろ相変わらず貧乏暇なしときているもんで、深川に行っても入船町に寄ることができなかったのよ」

伊三次は言い訳がましく言った。

「まあ、ご無沙汰はお互い様だから、それは気にしなくていいわよ。兄さんと会うのは十年ぶりかしらん」

「もっとだろう」

「でも、変わってないね。相変わらず、いい男。で、何？　商売がうまく行ってないんで朝っぱらから悪態をついていたってこと？」

「面目《めんぼく》ねェ」

弱った顔で頭に手をやると、直次郎は、こもった笑い声を立てた。

「八丁堀までわざわざ花を売りに来ていたのけェ。それにしちゃ、今まで顔を合わせることもなかったたな」

伊三次は怪訝《けげん》そうに続けた。

「八丁堀に来るのは月に一度だけよ。松浦《まつうら》先生のお婆《ばば》に頼まれてさ、死んだ亭主の月命日に供える花を届けているのよ。こっちにだって花屋はあるだろうに、あちしの店の花がいいんだって」

松浦先生のお婆とは八丁堀の町医者松浦桂庵《けいあん》の母親のことだった。直次郎はふとしたことから桂庵の母親の美佐《みさ》と顔見知りになっている。その縁《えん》で仏花を届けるようになったのだろう。

「水臭ェ。八丁堀まで来てるんなら、おれがとこへ顔を見せたらいいものを」

「あちし、兄さんのヤサを知らないもの。八丁堀にいたの？」

「ああ。玉圓寺《ぎよくえんじ》の傍の玉子屋《たまごや》新道《しんみち》に住んでいる」

「そうだったんだ。あちし、兄さんの家が火事になったことは聞いたけど、その後はどこかよそへ行ったとばかし思っていたのよ」

「お婆様に訊いたらわかりそうなものだ」

「それはそうなんだけど、あのお婆も年のせいで耄碌《もうろく》しちまって、同じ話を何度もするし、ついさっきのことも忘れるようになったのよ。兄さんの話なんてしたことがないから、とっくに忘れているんじゃない？　でも、無理もないよね、八十六じゃ」

「八十六……」

美佐はそんな年になっていたのかと、伊三次は改めて驚いた。

「あちしの周りにもお婆ほど長生きはいない。大したもんよ。こうなったら百まで生きろって景気をつけているんだけどね、いや、幾ら何んでもそれは無理だって寂しそうに応えるのよ」

「そうか。お婆様は、お前ェが花を届けるのを楽しみにしているようだな」

「そうなの。だから面倒臭いけど、毎月来ているのよ」

「お佐和《さわ》ちゃんは元気にしているのけェ？」

伊三次は直次郎の女房のことを訊いた。

「元気、元気。うちの奴、餓鬼《がき》を産む度に太っちゃって、兄さんが見たらびっくりすると思うよ。昔の面影なんて、これっぽっちもありゃしない」

「子供は何人いるのよ」

「四人。全部、娘」

「あちゃあ、そいつは大変だ」

「そうよ。うちではあちしが黒一点《こく》」

「お内儀《かみ》さんも元気かい」

お内儀さんとはお佐和の母親のことである。

「うちの婆ァは松浦先生のお婆よりずっと年下だから、もう少し長生きして貰わなきゃ困るのよ。ほら、昔は心ノ臓《しんぞう》の調子がよくないって言ってたけど、娘が次々と生まれて、その世話をしている内に驚くほど元気になったのよ。不思議な話よね。あれはぶらぶら病《やまい》だったのかしらね」

「相変わらず、ひでェことを言う男だ。だが、皆んな元気そうで安心したよ」

「兄さん、これからどっちへ行く？」

「深川へ行くつもりだが」

「そんじゃ、ちょっとうちに寄ってよ。婆ァもうちの奴も喜ぶから」

「婆ァって……」

「婆ァじゃないの。それとも昔のお嬢さんとでも言う？」

姑《しゅうとめ》のお喜和《きわ》のことを婆ァ呼ばわりする直次郎にはちょっと呆れたが、それだけ直次郎がお喜和と遠慮なく一緒に暮らしていることが察せられた。

二人は霊岸橋《れいがんばし》を渡り、さらに湊橋《みなとばし》も渡って北新堀町《きたしんぼりちょう》の通りに出ると、そのまま東に向かった。北新堀町の先に永代橋《えいたいばし》があり、それを渡れば深川に出る。

「松浦先生のお婆は離れの部屋で、日中、ひとりぼっちなのよ。三度のめしは女中が運んで来るけど、松浦先生の奥様も滅多に顔を出さないのよ。行儀作法の指南はとっくにやめているし、ほんと、可哀想なのよ」

直次郎は歩く道々、そんな話をした。

「松浦先生も医業が忙しいからお婆様の相手もできないんだろう」

「年寄りって一人にされると耄碌が進むのね。今日だって、紙入れがないって大騒ぎよ。女中の仕業《しわざ》じゃなかろうか、なんて言うのよ」

「どっかに置き忘れているんだろう」

「あちしもそう思ったから、よく探しなさいよと言ったのよ。でも、結局、出て来なかった。お婆は松浦先生の奥様を呼んで花代を払ってくれたのよ。お婆が、どうも紙入れを盗まれたらしいと言っても、奥様はまともに相手にしなかった。うちに盗人《ぬすっと》はおりませんって、にべもなかったのよ」

物がなくなると盗られたと考える年寄りは少なくない。伊三次も年のせいで、美佐がどこかにしまい込んで忘れたのだろうと思った。

「そうか……おれも、たまにご機嫌伺いのつもりで顔を出してみるか」

伊三次は美佐が気の毒で、慰めるつもりになっていた。

「そうしてやって。お婆、きっと喜ぶと思うよ。兄さんの顔を忘れていなければの話だけど」

「こいつ」

伊三次は直次郎の頭を張る仕種《しぐさ》をした。直次郎はそれをすばやく避《よ》けた。

「お婆はね、あやめが好きなのよ。庭にはお婆の植えたあやめがたくさんあるのよ。花時には床の間にいつも飾っていた。でも、その時も闇雲に切るんじゃなくて、庭の景色を壊さないように気を遣っているのよ。あっちで一本切ったら、こっちで一本てな調子。松浦先生の庭は、ちょっとしたあやめ園ね」

直次郎はその時の風景を思い出すように、うっとりとした表情になった。

「あやめと杜若《かきつばた》はどう違うのよ。おれはどうも区別がつかねェな」

伊三次はふと思い出して訊いた。

「同じようなもんだけどね、あやめは畑とか、家の庭とか、乾いた場所に咲くけど、杜若は水辺なのよ。それにあやめは丈が一尺（約三十・三センチ）か一尺半ぐらいだけど、杜若は二尺ぐらいあるの。花もあやめよりひと回り大きいのよ。お婆の所のあやめは小さくて、そりゃあ愛らしいの。あちしも貰って帰ることがあるのよ」

早くあやめが咲く時期になればよいと伊三次は思う。そうすれば美佐の心も少しは明るくなるに違いない。

それから入船町の直次郎の家に寄り、ふっくらしたお佐和と、すっかり頭は白くなったが、元気そうなお喜和に会い、四人の娘達の賑やかな様子を見て、伊三次は自分の丁場に向かったのだった。

二

しかし、間もなく梅雨に入り、伊三次は美佐のことを気にしながらも訪問する機会を逸《いっ》していた。一度でも顔を見ておけばよかったと、伊三次はひどく後悔した。しのつく雨が降り続く日に、美佐は離れの隠居所から庭に降り、その時、足を滑らせて転んでしまった。運悪く、沓脱石《くつぬぎいし》に頭をぶつけ、そのままいけなくなってしまったという。

知らせを受け、伊三次はもちろん悔《く》やみに行った。美佐は濡れた着物を着替えさせられ、蒲団に静かに横たわっていた。美佐の周りには嫁に行った娘と、孫らしい娘達が涙ぐんで座っていた。美佐に指南を受けた弟子も何人か駆けつけていた。深川にはまだ知らせが行っていないらしく、そこに直次郎の姿はなかった。

伊三次は遠慮がちに美佐の傍へ行った。美佐の顔には白い布が被せられていたが、頭には包帯も巻かれていた。伊三次は眼を閉じて掌《て》を合わせた。

眼を開けると、開け放した障子の向こうに、雨に煙る庭が見えた。剣《つるぎ》のようなあやめの葉が一面に生え、濃紫《こむらさき》の花もぽつぽつと咲いていた。雨に濡れたあやめは、ひと際きれいに見える。その先の松や楓《かえで》の樹《き》は、すっかりあやめにお株を奪われていた。美佐は大好きなあやめを床の間に飾りたくて、雨も厭《いと》わず庭に出たのだろうか。

伊三次の脳裏に元気な頃の美佐の笑顔ばかりが甦《よみがえ》る。だが、仏となってしまった美佐の顔は、以前より、ひと回りも小さくなっていた。最後に美佐と会ったのはいつだろうか。伊三次は思い出そうとしたが、どうしても思い出せなかった。

「あ、伊三次さん」

部屋に現れた松浦桂庵が伊三次に気づいて声を掛けた。伊三次は腰を上げ、客の後ろから桂庵の傍に行った。

「先生、この度はとんだことで、何んと申し上げてよいかわかりやせん。本当にご愁傷様でございやす」

伊三次は畏《かしこ》まって悔やみの言葉を述べた。

「本当に、人はどんな所で命を落とすかわからないものです。わしもまさか雨の中を母があやめを切りに行くとは思いも寄りませんでしたよ」

「雨で足を滑らせたとか……」

「いや、躓《つまず》いたのでしょう。あやめをひと抱えも切ったので、前が見えなかったんですよ。躓いた拍子に運悪く沓脱石に頭をぶつけてしまったんですよ。もう少ししたら米寿の祝いをしてやろうと心積もりしていたのに、本当に残念です」

桂庵はそう言って喉を詰まらせた。その後も新たな客が悔やみに訪れて来たので、伊三次は桂庵との話を早々に切り上げ、松浦の家を出た。その夜は仮通夜で、翌日、浅草の菩提寺《ぼだいじ》で葬儀が営まれるようだ。

美佐の葬儀には伊三次の女房のお文《ぶん》と娘のお吉《きち》が出席した。伊三次は仕事が立て込んでいたので、松浦家から出る葬列を見送っただけに留めた。近所の人間も美佐の死を惜しみ、雨にも拘《かかわ》らず、葬列に掌を合わせて見送っていた。悲痛な表情の桂庵が伊三次には気の毒でならなかった。桂庵も六十近い年齢だが、母親の死は幾つになってもこたえるものらしい。また一人、自分の周りの人間が亡くなったのかと、伊三次は意気消沈する思いだった。

しかし、誰が死んでも世の中はいつものように動いている。棒手振《ぼてふ》りの魚屋や青物売りが葬列の横を通り過ぎる。大八車《だいはちぐるま》に荷を積んで運ぶ人足もその後から俯きがちに続いていた。伊三次は世の無常を感じながら、その日の丁場に向かって、とぼとぼと歩き出していた。

美佐の初七日が過ぎた頃、伊三次の家に桂庵の家の下男が訪れ、桂庵の言づけを伝えた。伊三次は仕事に出ていたので、その言づけは女中のおふさが受けた。

「親方、桂庵先生が、折り入ってお話があるそうで、侘助《わびすけ》でお待ちしているとのことでした」

おふさは伊三次が帰ると、待ち構えていたように言った。「侘助」は提灯掛横丁《ちょうちんがけよこちょう》にある小料理屋のことで、不破や息子の龍之進もよく立ち寄っている。吟味した酒とうまい肴《さかな》が評判の見世だった。

「改まって何んの話だろうな。まさか侘助で精進落としをするつもりでもないだろう」

「でも、桂庵先生の下男さんは、少し遅くなってもいいから、必ずおいでになるようにと念を押して帰ったんですよ」

「そうけェ。何んだかわからねェが、とり敢《あ》えず行ってくらァ。うちの奴はお座敷が掛かったのけェ？」

お文の姿が見えなかったので、伊三次はそう訊いた。

「ええ。急な宴会が入ったとかで、『前田《まえだ》』の若い衆《しゅう》が昼過ぎに迎えに来たんですよ」

前田はお文が世話になっている芸妓屋《げいぎや》のことだった。

「お吉、一人で留守番、大丈夫か？」

伊三次は箱膳を出していたお吉に訊いた。

「あたし、子供じゃないから留守番ぐらいできるよ」

お吉は気丈に応えた。

「親方、ご心配なく。きィちゃんが退屈するようなら、うちに連れて行って佐登里《さとり》と遊ばせますから」

おふさは心得顔で口を挟《はさ》む。佐登里はおふさの息子のことで、お吉を姉のように慕っていた。

「さほど遅くならねェつもりだから、そいじゃ、頼んだぜ」

伊三次はそう言って、そそくさと家を出た。

提灯掛横丁の侘助に着くと、桂庵は小上がりに座り、背を丸めたような恰好で酒を飲んでいた。

「先生、お待たせ致しやした」

伊三次は、ほろりと酔いが回ったような顔の桂庵に言った。桂庵は細縞《ほそじま》の着物の上に黒い羽織を重ねていた。

「お忙しいのにお呼び立てしてすまん。伊三次さん以外に相談する人間が思いつかなかったので、ご迷惑を承知で下男に言づけを頼んだ次第でござる。ささ、まず座って、一杯やって下さい」

「へ、へい……」

桂庵の目の前には青菜のごま汚しだの、冷奴だの、漬物などの小鉢が並んでいた。一応、精進料理を食べているつもりなのだろう。

「あ、姐《ねえ》さん、こちらに刺身と何か魚料理を。あと、酒も追加しておくれ」

桂庵は気軽に見世の小女に言いつけた。

「構わねェで下さい。ご馳走になりに来た訳じゃござんせんので」

伊三次は慌てて制した。

「しかし、まだ、晩めし前だろう。あ、伊三次さんは下戸《げこ》でしたな。これは気がつかぬことで。姐さん、めしと汁も運んでくれ」

桂庵の言葉に伊三次はさらに恐縮して頭を下げた。

「久しぶりにゆっくり酒を味わうことができました。家の中がばたばたして、気の休まる暇もありませんでした」

伊三次が酌をすると、桂庵は嬉しそうに言った。

「しかし、喪主が四十九日も済まねェ内に外で酒を飲むなど感心しませんよ」

伊三次はちくりと小言を言った。

「伊三次さんに叱られてしまいましたな。いや、おっしゃる通りでござる。したが、家の者に聞かれたくない話なので、禁を破りました。何卒、ご寛容のほどを」

桂庵は冗談めかして笑った。

「それで、わたしに話とは、どんなことなんで？」

そう言うと、桂庵は真顔になった。

「実は初七日も終わり、うちの女どもが集って母の形見分けをしたのですが、その時、姪《めい》っこが、生前に母がくれると約束していた手文庫がないと言い出したのです。古い品ではありますが、造りがしっかりして、まだまだ十分に使えるものでした。すると、わしの姉も鼈甲《べっこう》の笄《こうがい》がない、端渓《たんけい》のすずりもないと言い、うちの奴までが、そう言えば紙入れが見当たらないと言い出す始末でした。どこか別の場所にしまい込んでいるものと思ったようですが、皆で探しても影も形もなかったのですよ。仏壇の下の物入れには掛け軸の類《たぐい》が入っていたはずですが、それもないのです。伊三次さん、どう思いますか」

桂庵はひと息に喋った。

「お婆様がどなたかに差し上げたのでなければ、それは盗まれたとも考えられますが」

伊三次は低い声で応えた。

「さよう。わしもそう思いました。すると、母が不意の事故で死んだことまで不審を覚えるのですよ。本当に母は躓いて沓脱石に頭をぶつけたのかと」

桂庵の言葉に伊三次は、ぎょっとした。

「まさか……」

「当たり前に考えれば、幾ら耄碌していたとは言え、雨が降っているのに母が庭に出てあやめを切る訳がありませんよ。しかし、うちの奴も、他の者もさして気にしていなかった。そこがそもそもの間違いではなかったかと」

「わたしも、お婆様のことを聞いた時は先生と同じ疑問を持ちましたが、年寄りになれば、そういう突飛な行動を取ることもあるのだろうと、敢えて口には出しませんでした。お婆様が倒れているのを最初に見つけたのは誰ですか」

「それはうちの女中です。おたにという二十四になる者です。十年以上もうちに奉公しております。おたには母を見つけると、大慌てでわしに知らせて来ました。わしは弟子の仁庵《じんあん》と一緒に母を座敷に上げました。その時にはすでに息をしておりませんでした」

　美佐が倒れていた周りにはあやめが散らばっていたという。

「お婆様が亡くなった時は、特に奉行所の役人には知らせなかったんですね」

「そういうことは全く考えませんでした。とにかく頭から血を出しておりましたので、その手当てをして、きれいにしてやろうということばかりに腐心しておりました」

「打ち所が悪ければ、若い者でも死ぬことはありやすが、お婆様の場合も頭を打ったことが命取りになったんですね」

「さよう。しかし、傷は一か所ではなかった。額にもあった。最初に額を打ち、さらに後頭部を打って絶命したと思われますが……」

　額より、次に後頭部を打ったほうが強い衝撃になったと桂庵は言っていた。それは少しおかしいのでは、と伊三次は内心で思った。

最初の衝撃が強く、その反動で別の所が傷ついたと言うのならわかる。しかし、美佐が庭のあやめを切って部屋に入ろうとしたとすれば、身体は前向きになっていたはずだから、やはり、最初は額と考えるのが自然のような気もする。伊三次は首を傾《かし》げ、しばらく思案した。その時、伊三次の前に平目《ひらめ》の刺身、焼いた鯵《あじ》、丼めし、豆腐のすまし汁などが運ばれて来た。

「ささ、遠慮なくやって下さい」

桂庵は表情を和らげて伊三次に勧めた。

「へい、いただきやす」

空腹だったこともあり、伊三次はそれ以上遠慮せずに箸《はし》を取った。

「それで伊三次さん。実は下手人に心当たりがあるのですが」

桂庵は手酌した猪口《ちょこ》を口に運ぶと、おもむろに言った。もはや桂庵は美佐の死を他殺と考えているらしい。

「え？　誰だとおっしゃるんで」

伊三次の箸が止まり、まじまじと桂庵を見つめた。

「父の月命日に花を届けに来る男がおりましてな、わしは、そいつではないかと思っております」

途端に口の中のものが味を失った。桂庵は直次郎を疑っていたのだ。

「もの言いもちょっと変わっておりまして、怪しい男なんですよ。しかし、母は以前に世話になったこともあり、奴を妙に可愛がって家に寄せていたんですよ」

桂庵は伊三次と直次郎の繋《つな》がりを知らないようで、不愉快そうな顔で言う。伊三次はこの前、直次郎と会った時のことを思い返した。

背負い籠に何か入れていなかっただろうか。

だが、思い出せなかった。

「そいつが帰った後で、何かなくなったことはあったんですか」

伊三次はおそるおそる訊く。

「いや、それは確かめたことがありません。形見分けをする段になって、ようやく気づいたのですから」

「先生の奥様もそのようにお考えなのですか」

「いえいえ。それはまだわしの胸に留めていることですから」

「直次郎がお婆様も殴り殺し、金目の物を奪って逃げたとお考えなのですね」

「名前をご存じでしたか」

桂庵は、はっとした顔になった。

「へい。奴のことはよく知っておりやす。お婆様が亡くなった日に、直次郎は先生のお宅へ伺ったんですかい」

「いえ。しかし、その気になれば、庭の木戸から忍び込むことは可能です。あの雨では物音も消されたでしょうから」

「先生、憶測でものを言うのは控えたほうがよろしいですよ。よく調べる必要があります。確かな証拠が出ない内は、どなたにもおっしゃらねェで下せェ。それで、思い出せるだけでよろしいんですが、お婆様の部屋からなくなった物を教えて下せェ」

そう言うと、桂庵は天井を仰ぎ、ぽつりぽつりと品物を挙げた。伊三次は見世の小女に矢立《やたて》と紙を借り、それを書き留めた。どれもが高価な品に思えた。紙入れは別として、その他の物は質屋に曲げたことも予想されるので、近くの質屋に問い合わせることも考えた。いや、それが桂庵の言うように直次郎の仕業だとすれば、深川の質屋も当たらなければならなかった。

半刻《はんとき》（約一時間）ほど話を聞いた後で、伊三次は足許が覚つかなくなった桂庵を自宅へ送り、それから玉子屋新道に戻った。

桂庵に向かって、直次郎はそんなことをする奴じゃありやせん、とはっきり言えない自分が情けなかった。堅気になって十年以上も経《た》つのに、直次郎の前身が伊三次の判断を迷わせる。奴なのか、そうじゃないのか。堂々巡りの考えが伊三次を捉《とら》えているばかりだった。

三

翌日、不破家の髪結いを済ませた後、伊三次は深川に向かい、入船町界隈の質屋に聞き込みするつもりだったが、どうも九兵衛の様子が煮え切らなかった。ちょいと頭が痛いので家に帰らせてくれと言う。しかし、不破家で龍之進の頭をやっていた時は、そんな様子は見られなかった。

「何んか野暮用でもあるのか？　仮病を使うなんざ、らしくもねェぜ」

伊三次は悪戯《いたずら》っぽい顔で言った。九兵衛は肩を竦《すく》めてため息をついた。

「親方、おいら、もう梅床の仕事はしたくありやせん」

九兵衛は俯いて、ようやく言った。

「何があったのよ」

「利助《りすけ》さんはおいらのやり方が気に喰わねェらしく、いちいち文句をつけるんですよ。うちの親方の言われた通りにやってますって言っても、ここは梅床だ、伊三次の流儀をひけらかすなと怒鳴るんですよ」

　利助は伊三次と梅床で一緒に修業をして来た男だった。伊三次が梅床を退《の》いた後も、ずっとそこで働いていた。

「おれの流儀？　おかしなことを言う。おれは梅床の親方に仕込まれたんだぜ。まあ、その後、幾らか工夫はしているが、利助にあれこれ言われる覚えはねェ。別に喜んで梅床を手伝っている訳でもなし、お前ェのことが気に喰わねェなら、利助が一人で梅床を切り回せばいいのよ。それもできねェくせに」

伊三次は胸にわだかまっていたものもあり、憤《いきどお》った声になった。

「おいらだって、親方の姉さんの旦那がやっている見世だと思うから今まで我慢していたんですが、利助さんはおいらを下剃《したぞ》り（髪結いの見習い）扱いしたまんまですよ。おいらは伊達に親方の所で十年以上も修業してませんよ。不破の若旦那なんて喜んでおいらにやらせてくれるじゃねェですか」

「お前ェの気持ちはよくわかるぜ。そいじゃ、今日のところはおれに任せろ。お前ェはおれの代わりに深川の丁場を廻れ」

「え？」

途端に九兵衛は自信のない表情になった。それに構わず伊三次は続けた。

「佐賀町《さがちよう》の魚干《うおかん》という干鰯問屋《ほしかどいや》の旦那と、八名川町《やながわちよう》の大黒湯《だいこくゆ》の親仁《おやじ》、それに木場《きば》の三好《みよし》屋《や》の若旦那だ。おれの代わりだと言えば、快く仕事をさせてくれるはずだ。三好屋には昼前に着くようにしろ。昼めしを出してくれるはずだ」

「で、でも……」

「何んだ、大口叩いたくせに自信のねェ面《つら》をしているぜ」

「だって」

「でェじょうぶだ。お前ェならできる。だが、先様の都合で今日はいいと断られることもある。そん時は、いやな面をせず、またお願げェしますと元気に挨拶して引けるんだ。それから、帰りに入船町にある質屋に寄って、こういう物が持ち込まれていねェか訊いてくれ」

伊三次は懐から書きつけを取り出して言った。

「お上の御用まで……」

「おうよ。お前ェは八丁堀の旦那に頼まれて、ちょいと聞き込みをしておりやすと言うんだぜ。くれぐれも怪しまれねェようにしろ。わかったな」

「へい」

「わかったなら、ほれ、おれの台箱を持って、さっさと行きな」

伊三次は書きつけを九兵衛の懐にねじ込み、自分の台箱を持たせて背中を押した。

「そいじゃ、行ってめェりやす」

九兵衛は渋々応え、伊三次に背を向けた。

それから伊三次は炭町の梅床へ行き、涼しい顔で待っていた客の頭をやっつけた。

昼になると、伊三次は「そいじゃ、おれは後の仕事がつかえているんで、これで引けさせて貰いやす」と利助に言った。その時、利助がようやく、九兵衛はどうしたと訊いた。

「おれの代わりに深川に行かせたのよ。どうにも手が回らなくてよ」

「弱ったなあ。おれ一人じゃ客を捌《さば》けねェじゃねェか。昼から約束した客もいるんだぜ」

利助は苦々しい表情で言う。

「うまくやってくれ」

「勝手なことをほざくな」

利助は突然、声を荒らげた。利助はいつも不満を抱えているような表情をしている男だ。十兵衛やお園の前ではおとなしいが、二人の目がない時は、伊三次にも噛みついてくる。

後ろで下剃りの安吉《やすきち》という若者が利助の剣幕に恐ろしそうな表情をして見ていた。

「何が勝手なのよ。おれにだって仕事はあらァな。安吉、利助を助《す》けてやんな」

伊三次は安吉に振り向いた。へい、と蚊の鳴くような返答があった。

「安吉はまだ使いものにならねェ。いいから、九兵衛が戻って来たら、すぐに寄こしてくんな」

利助は構わず伊三次に指図した。

「九兵衛はおれの弟子だ。お前ェさんの弟子じゃねェ」

「何を！」

「だいたい、おれ達は暇だからここを手伝っている訳じゃねェんだぜ。それをお前ェ一人じゃ大変だからって、姉ちゃんに頼まれて渋々やっているだけだ。お前ェはどんなふうに考えてるものか、すんませんのひと言もありゃしねェ。挙句におれの弟子を顎でこき使って、怒鳴り散らすたァ、どういう了簡よ。おう、利助、とくと聞かせてくんな」

客がいなかったこともあり、伊三次は珍しく利助に凄《すご》んだ。だが、利助も負けていなかった。

「お前ェがここを手伝うのは、いずれ見世を手前ェのものにする魂胆《こんたん》があるからだろう。そんなこたァ、お見通しよ。へん、何十年も廻りをしていても見世の株まで手が届かねェらしいからな。どうだ、図星だろう」

「おれが梅床を手前ェのものにするって？　冗談はよしちくんな。ここはその内、松吉が継ぐはずだ。実の倅を差し置いて、義理の弟に見世を譲る訳がねェだろうが。それぐらいお前ェの頭でもわかりそうなものだ」

「理屈を言うところは相変わらずだな。そんなことでおれは騙《だま》されねェぞ」

「そんなにおれが気に入らねェのなら、明日から来なくてもいいんだぜ」

伊三次は奥歯をぎりぎりと嚙んでから言った。

「ほ、たった一人の姉と、恩のある親方を見殺しにするつもりけェ。お前ェがそれほど薄情な男とは思わなかったぜ」

利助は性懲《しょうこ》りもなく言う。

「おれは姉ちゃんと親方より、お前ェの面を見るのが、たまらなくいやなのよ」

そう吐き捨てて、伊三次は梅床を出た。安吉、塩を撒《ま》け、利助の憎々しげな声が聞こえた。

玉子屋新道に向かう途中の松幡橋《まつはたばし》を渡りながら、伊三次は大人げなかった自分を少し後悔していた。考えてみれば、利助だって我儘《わがまま》な十兵衛に長年仕えて来たのだ。女房もおらず、梅床に住み込んで朝から晩まで働いていた。何十年も梅床に寄りつかなかった伊三次が、十兵衛が倒れた途端、梅床に出入りするようになれば、どうしたって悪くも考えたくなるだろう。梅床の将来について、伊三次は利助と深く話し合ったことがない。礼のひと言もないと伊三次は利助を詰《なじ》ったが、自分も利助に対して、見世の目処《めど》が立つまで手伝うわ、とも言わず、仏頂面《ぶっちょうづら》で手を貸していただけだ。言葉と思いやりが足りなかったと、しみじみ思う。しかし、利助に対して素直になれない自分に、伊三次はやるせないため息が出た。

家に戻ると、お文とお吉は昼めしの最中だった。

「おや、早仕舞いかえ」

お文は伊三次に訊いた。

「いや、そういう訳でもねェが」

「まま、喰ったのかえ」

「まだだ」

「茶漬けでいいなら用意するよ」

「ああ」

「おふさ、うちの人に茶漬けを拵《こしら》えとくれ」

お文は台所にいるおふさに声を掛けた。

「はい、今すぐご用意しますよ」

おふさは明るい声で応えた。ほら、おふさだって、いきなり戻って来た伊三次が昼めしを食べると言っても、面倒臭い顔はせず快く用意してくれるじゃないかと、伊三次は思った。

「おふさ、すまねェな」

伊三次は遠慮がちに言った。

「いやだ、親方。改まって何んですか」

おふさは面喰らった様子で笑った。

茶漬けを啜《すす》っていると、外が心なしか明るくなった。

「雨が上がったようだね。毎日毎日、しとしと降るんで、胸の中にもカビが生えそうだよ」

お文は伊三次に茶を淹《い》れながら言う。

「お吉、手習所《てならいどころ》は休みか」

伊三次は、ふと気づいてお吉に訊いた。

「今日はお昼までだったの。先生は午後から用事があるみたいで」

自分の食器を片づけながらお吉は応えた。

「そいじゃ、昼から松浦先生の庭であやめ見物でもしねェか」

伊三次は、ふと思いついて誘った。

「ほんと？　嬉しい」

お吉は眼を輝かせた。

「お婆様の植えたあやめかえ。何年か前にわっちも見せて貰ったことがあるよ。そりゃあ、きれえだった。わっちも一緒に行っていいかえ」

お文も気をそそられて言う。

「お前ェ、お座敷に出る仕度をしなくていいのか」

「今夜は声が掛からなかったよ」

「よし、決まった。久しぶりに親子であやめ見物だ」

伊三次は張り切って言うと、残った茶漬けを掻き込んだ。久しぶりどころか、初めてのことだ。お文が苦笑交じりに言った。

三人で桂庵の家に行くと、桂庵は仁庵を連れて往診に出ていた。だが、あやめ見物をさせてくれと言うと、桂庵の妻はどうぞ、どうぞと中へ促した。いや、庭の木戸から入り、ちょっと見物したら引けるので、構わないでくれと伊三次は言った。

桂庵の家は長屋門のある立派な造りである。

通りに面している所はなまこ壁の塀で囲われているが、庭に続く狭い小路に入ると、生《い》け垣《がき》となり、その真ん中辺りに半間《はんけん》の木戸がついていた。

女中のおたにが木戸を開けて待ち構えていた。美佐の身の周りの世話をしていた女中である。格別美人ではないが醜女《しこめ》でもない。どこにでもいそうな平凡でおとなしい女だ。

「ちょうどあやめが見頃ですよ。伊三次さん、よい時においでになりましたね」

おたには満面の笑みでそう言った。

「お邪魔致します」

ひょいと頭を下げて伊三次が入り、その後にお文が続くと、おたには僅かに緊張した面持ちになった。芸者をしているお文のことは界隈の評判になっている。おたににとってもお文は特別の存在に見えるのだろうか。伊三次は、こそばゆいような気持ちだった。

「お忙しいところ、あいすみません」

お文が如才なく挨拶すると、おたにの顔にぽッと朱が差した。

「どうぞ、ごゆっくり」

おたにはそう言って、すぐに美佐の隠居所から母屋《おもや》に入って行った。

白い玉砂利が地面に敷き詰められ、細い竹の柵で囲った中に、あるかなしかの風に揺れるあやめが一面に咲いていた。桂庵の庭は細長い三十坪ほどの広さだが、美佐の隠居所の手前はほとんどあやめだった。つかの間の花時が終われば、向こうには松と楓、それにつつじの植え込みしか見えないだろう。それでも美佐は翌年のために草取りをしたり、肥料を施《ほどこ》したりして手入れをしていたに違いない。

「お父《と》っつぁん、あやめがたくさん咲いてるね。百本もあるかしら」

お吉は感心した声を上げた。

「どうだかな」

「前に見せて貰った時より数が増えているような気がするよ。毎年、毎年、お婆様はこの景色を楽しみにしていたのだね。ああ、きれえ……」

お文も眼を細めて見入っていた。

「お婆様はあやめを床の間に飾ろうとして、雨ん中、庭に出て沓脱石に頭をぶつけたのよ」

伊三次は独り言のように呟《つぶや》いた。

「そんなこと、女中にやらせりゃよかったのに」

今さら詮《せん》のないことだが、お文は残念そうに言う。

「そこね、お婆様があやめを切ったのは」

お吉は柵の手前を指差した。そこだけ隙間ができていて、あやめを切った跡があった。

「十五、六本も切ったようだね。床の間に飾るだけなら、それほどいらないだろうに。大きな壺にでも飾るつもりだったんだろうか」

お文は少し怪訝な顔をした。

「しかし、お婆様が亡くなった頃は、今ほど花はついていなかったと思うが……」

そう言った後で、伊三次はふと、直次郎の言葉を思い出していた。美佐は庭の景色を壊さないように気を遣いながらあやめを切っていたと。すると、鎌《かま》ですぱっと刈り取ったような跡に伊三次は不審を覚えた。

「これはお婆様が切ったもんじゃねェな」

「それじゃ、誰だと言うんだえ」

お文は、すかさず訊いた。

「それは……」

「お前さんは、お婆様が亡くなった理由を探っているのかえ。どうりで。野暮天のお前さんが酔狂にあやめ見物だなんておかしいと思ったよ」

勘のいいお文は、すぐさま察しをつける。

「実は松浦先生に頼まれたことなのよ。先生もお婆様のことについちゃ、色々、疑いを持っていなさる様子なんだ。調べを引き受けたものの、まだ埒《らち》は明かねェ」

そう言うと、お文はすっとあやめに近づき、注意深い眼を注《そそ》いだ。

「お吉、ちょっとこっちへおいで」

途中でお文はお吉を呼ぶ。なあに、おっ母《か》さん、お吉は嬉しそうに傍へ行った。

「大人の足じゃ、せっかくのあやめを踏みつけてしまう。あそこに何か光っている物がある。お前、そっと中に入って、拾って来ておくれな」

「あそこって、どこ？」

「ほら、よくごらんな。根元に針金みたいな物が落ちているだろ？」

お文は何かに気づいたようだ。

「わかった」

お吉が中に入っている間、お文はさり気なく母屋に注意を払っていた。お文は松浦家の人間に怪しい者がいると考えているのだろうか。しかし、伊三次は直次郎のことが頭にあったので、そちらにはさほど頓着《とんちゃく》していなかった。

「おっ母さん、簪《かんざし》が落ちていた」

お吉は土にまみれた玉簪を取り上げていた。

「どれ、お見せ」

慎重にあやめの中から出ると、お吉は簪をお文に渡した。お文は懐から手拭いを出し、それで土を拭った。後ろ挿《ざ》しの簪のようだ。

「それほど錆《さ》びが出ていないから、最近、誰かがここへ来て、うっかり落としたようだ。お前さん、これはお婆様の物じゃないね」

お文は伊三次に意見を求めた。寝ぼけたような色の珊瑚《さんご》の玉簪だ。さほど値の張る物には見えなかった。

「お婆様は黄楊《つげ》の櫛《くし》しか使わなかったと思うが」

「そいじゃ、これはちょっとした証拠になるかも知れないよ。あやめを刈り取るのに夢中で、落としたことにも気がつかなかったんだろう。後で探したところで、こんなに咲いていたんじゃ、おいそれとは見つからなかったはずだ」

しかし、それを下手人に結びつけるのには無理があると伊三次は思った。桂庵の妻や、あのおたにという女中があやめを切って活けることもあるはずだ。

「他に心当たりがあるのかえ」

「まあ、色々……」

「はっきりお言いよ、いらいらする」

お文は癇《かん》を立てた。

「後でゆっくり話をするわ。ひとまず、ここを引けるとするか。お吉、よく見たか」

「うん……」

「そいじゃ、行くぜ」

伊三次は踵《きびす》を返した。お文は名残惜しそうに、もう一度あやめを眺めてから、伊三次の後に続いた。

四

家に戻ると、九兵衛が茶の間にいて、おふさが出してくれた饅頭を頬張りながら茶を飲んでいた。

「おう、ご苦労さん。首尾はどうだった」

伊三次は笑顔で九兵衛に訊いた。

「ちゃんとやって来ましたよ。三好屋の若旦那の所に行くと、妹さんの嫁入り先が決まったとかで、赤飯を折に詰めて持たせてくれました」

「そいつはよかったな。あれ、折が二つもあるぜ」

「親方の分ですよ」

「そうけェ。お前ェのおっ母さんも喜ぶだろう」

そう言うと、九兵衛は「おふささん、赤飯が好物だったよな。うちのおっ母さんはそれほど好きじゃねェから、置いてくぜ」と、おふさに声を掛けた。

「でも、せっかくいただいたのに」

おふさは遠慮する。

「いいってことよ。さとにも喰わせてやってくれ」

「ありがとうございます。まあ、どうしましょう」

もじもじしたおふさを見て、九兵衛は得意そうに人差し指で鼻の下を擦《こす》った。

「あっちのほうはどうよ。何かわかったか」

伊三次は質屋の聞き込みの件に水を向けた。

「入船町の質屋から出ると、おいらの持っていた台箱を見て、声を掛けて来た人がいたんですよ。それは伊三次という髪結い職人の物に似ているってね。そうですよ、こいつはうちの親方のですって応えると、やっぱりそうかと安心したような顔になりやした。最初はおいらが親方の台箱をかっぱらったと思ったようです」

「誰だ、そいつは」

「『播磨屋《はりまや》』の旦那でした。直次郎さんという人ですよ。親方も、よく知ってますよね」

途端、伊三次は胸がぐっと詰まった。よりによって直次郎に会うとは。

「親方は色々忙しいんで、今日はおいらが代わりに廻りをして、それから、ちょいと質屋に聞き込みもしていたと言ったんですよ」

九兵衛が話を続けると伊三次は頭を抱えた。こんなことなら九兵衛を深川にやるのじゃなかったと、ひどく悔やんでいた。

「奴は顔色を変えていなかったか」

伊三次は九兵衛の顔を見ずに低い声で訊いた。

「松浦先生のお婆様が亡くなった話をした時は、ひどく驚いておりやした」

「驚いたってか？」

「ええ」

「どうしてお婆様の話になったのよ」

「おいらに住み込みかと訊いたんで、いや、親方の家の近所にふた親と一緒に暮らしておりやすと応えたんですよ。そしたら、播磨屋の旦那は自分も月に一度、八丁堀の松浦先生の家に行くと言ったんですよ。知ってるかと訊いたんで、この間、弔《とむら》いのあった家ですねと言うと、びっくらこいた顔になり、誰の弔いよ、お婆かと、おいらの胸倉を摑んで揺すったんですよ。凄い力で、おいら死ぬかと思いやしたよ。おいらがようやく肯《うなず》くと、旦那は泣いていました。知らなかったんですね」

「下手人は直次郎じゃないようだね」

お文はぽつりと口を挟んだ。

「え？　あのお人を疑っていたんですかい。違いますよ」

九兵衛はきっぱりと言った。八丁堀に帰る途中、北新堀町の古道具屋が目についたので、九兵衛がためしに訊いてみると、端渓のすずりと掛け軸が半年ほど前に持ち込まれたことがあると、主は応えたという。

「持ち込んだのはどんな野郎だ」

「女だそうです。二十五、六の」

「………」

「ただ、他の品物についちゃ、覚えがないそうです」

「わかった。疲れただろ？　今日はこれで引けていいぜ」

伊三次は九兵衛をねぎらった。

「親方、おいらやっぱり、利助さんに文句を言われても梅床で仕事をするほうがいいですよ。明日は、急に休んですんませんと謝るつもりです」

「そうか……」

「もう少し修業してから、おいらも廻りをやります。仕事よりも客と話をするのに気骨《きぼね》が折れやしたよ。とても親方の真似はできやせん」

「そうだねえ、口のうまさも廻り髪結いにゃ必要な技だ」

お文がそう言うと、口のうまさたァ、何んて言い種だ、伊三次は癇を立てた。お吉が愉快そうに笑った。

「口のうまさはおっ母さんのほうが上だと思うけど……」

「おや、そうかえ。そんなことはないだろう」

お文は意外そうな顔だ。

「いや、きィちゃんの言う通りですよ。お内儀さんが啖呵《たんか》を切る時ァ、よくも次から次と言葉が出るもんだと、おいらも感心しておりやしたから」

九兵衛も真顔で言う。

「いやだねえ。そんなところで感心されても嬉しかないよ。さてと……」

お文は衣紋《えもん》を取り繕う仕種をしてから「おふさ、松さんは自身番かえ」と、訊いた。

「はい、多分、そうだと思います」

おふさの亭主の松助《まつすけ》は本八丁堀町界隈を縄張にする岡っ引きだった。もちろん、急を要する時は縄張のことなど頓着しないはずだ。

「悪いが、ちょいと呼んで来ておくれな。松浦先生のお婆様を殺した下手人がわかったってね。お婆様のお宝を売り飛ばし、挙句、手に掛けるとは大した玉だ。おおかた、稼ぎのない間夫《まぶ》に貢《みつ》いだか、ろくでもねェ親に無心されたのだろう。いや、親じゃないね。お婆様の部屋から洗いざらいお宝を持ち出したところは間夫のために違いない」

お文がいっきに喋ると、おふさの顔に緊張が走った。

「承知しました。すぐに行って参ります」

前垂れを外すと、おふさは勝手口から急いで出て行った。

「すっかり仕切られちまったぜ」

伊三次は情けない顔で九兵衛を見る。九兵衛は声を上げて笑った。


松浦桂庵があやめの束を抱えて伊三次の家を訪れたのは翌日の五つ（午後八時頃）過ぎのことだった。お文はお座敷があって家におらず、おふさもとうに自宅へ戻っていた。

伊三次は少し慌てながら桂庵を中へ招じ入れた。

「ご家族であやめを見にいらしたというのに、家内の奴、少し切って持たせることもせず、気が利かないことで申し訳ありませんでした」

「とんでもねェ。花を貰うつもりで伺った訳じゃありやせんから、どうぞお気遣いなく。あちゃあ、せっかくきれえに咲いてるあやめを切っちまったんですかい。もったいねェ」

「いやいや、母の供養のつもりでご近所の方にも配りました。ですから、どうぞご遠慮なく」

「そうですかい。お吉、水桶に入れておきな。明日にでもおっ母さんが活けてくれるだろう」

「うん」

お吉は桂庵に頭を下げてあやめの束を受け取ると台所に持って行った。

「伊三次さん。この度は、いかいお世話になりました。本来なら家内不取締りでわしもきつい咎《とが》めを受けるところでしたが、不破殿のお口添えもあり、どうにか軽い罰金刑で済みそうです」

桂庵は畏まって両手を突いた。

「お手を上げて下せェ。わたしは特別なことはしておりませんので」

伊三次は慌てて桂庵を制した。

「いや、おまけに素人《しろうと》考えで関係のない人間に罪を被せるところでした」

桂庵は直次郎を疑ったことを心底恥じている様子だった。それは伊三次も同様だった。直次郎を信じ切れなかった自分を悔やんでいたのだ。

「それもお気になさらずに。奴には何も言っておりやせんから」

「そうだと思いました。今日、あの男は母の仏壇に供えてくれと花を持って来てくれました。わしは穴があったら入りたい気持ちでした。それで、罪滅ぼしのつもりで、これからも父と母の月命日に仏花を届けてほしいと頼みました」

「さいですか。奴も喜んだでしょう」

「はい。また八丁堀へ来る楽しみができたと言っておりましたよ。しかし……」

桂庵の表情は晴れない。無理もない。家から二人も縄つきを出してしまったのだから。

おたには桂庵の弟子の仁庵と深い仲となっていた。仁庵の父親は牛込馬場下町《うしごめばばしたまち》で町医者をしていたが、診立《みた》て違いで患者を死なせてから医業を辞めていた。

仁庵は父親の友人の娘と祝言《しゅうげん》を挙げる約束を交わしていた。祝言を挙げれば、嫁の実家からの援助で再び町医者の看板を揚げることも可能だった。しかし、相手の家から婚約の破棄を告げられ、間もなく、娘は幕府の寄合医師の許に嫁いだ。夢も希望も失った仁庵がおたにと深い仲になったのはその後だろう。

おたには、いつかきっと町医者の看板を揚げることができると仁庵を励ました。しかし、哀しいかな、仁庵にはそうするために先立つものがなかった。実の父親は地所を切り売りしてようやく暮らしているありさまだった。

二人が松浦家からいただく給金だけでは夢が叶うまで何十年も掛かってしまう。おたにはもの忘れをするようになった美佐をいいことに、美佐の物を持ち出して金に換えるようになったのだ。

だが、ある日、おたににつき添われて湯屋から戻った美佐は、仁庵が部屋の中を物色しているのに気づいた。おたにはともかく、仁庵が美佐の部屋に入るなど、これまで滅多にないことだった。さすがに美佐は不審を覚え、お前は何をしている、さては今までわしの部屋から品物を持ち出していたのはお前かと激しく詰った。何も応えられず、ぶるぶる震えている仁庵を見て、おたには咄嗟《とっさ》に湯桶で美佐の額を殴った。腰から崩れるように倒れた美佐を、おたにはさらに障子を開けて外へ蹴り飛ばしたのだ。ガンと音がしたのは美佐が沓脱石に頭を打ったからだろう。美佐はそのまま動かなくなった。

湯屋に行く時は小雨模様だったが、その時は激しい雨となっていた。おたには仁庵を診察室に戻すと、すぐさま庭に下りて、縁の下に置いてあった鎌を取り上げ、あやめを切った。美佐があやめを切り、部屋に持ち込もうとしたところで転んだことにしたのだ。誰にも疑いの眼を向けられなかったのが幸いだったが、おたには後で自分の簪がないことに気がついた。ずい分探したのだが、とうとうそれは見つけられなかったらしい。松助と不破友之進がおたにを茅場町《かやばちょう》の大番屋に連行すると、仁庵も観念して、その半刻後に自首して来たという。

「ああいうことがなければ母の米寿の祝いができたのです。そうですな、伊三次さん」

「はい……」

伊三次は自分の膝頭を掴み、俯きがちに応えた。お吉は桂庵に茶を出すと、話の邪魔にならないように、そっと奥の部屋に引き上げた。

「伊三次さん、母の祝いの代わりに何かお礼をさせて下さい」

桂庵は切羽詰まった顔で言った。

「お礼なんてされる覚えはありませんよ」

伊三次は顔の前で掌を振った。おたにを捕縛《ほばく》したのは、不破の小者《こもの》（手下）として当り前のことである。

「したが、わしは、それでは気が済まぬのです。何か、どうしてもほしい物はありませんか。まあ、髪結床の株を工面しろと言われても困りますが」

桂庵は冗談にもならないことを言う。伊三次は苦笑して鼻を鳴らした。しかし、伊三次が幾ら断っても桂庵は引き下がらなかった。弱った顔で頭に手を置いた時、ふと、伊三次の台箱を持って深川へ廻りに出た九兵衛の姿が脳裏をよぎった。九兵衛は自分もいつか廻りの髪結いになりたいと言っていた。

「先生、本気でおっしゃっているんですかい」

伊三次は真顔で訊いた。

「うそを言ってどうなる」

つかの間、桂庵は気分を害した表情になった。

「そいじゃ、お言葉に甘えて、たったひとつだけほしい物がありやす」

「そ、そうか。それは何んですかな」

桂庵は、つっと膝を進めた。

「九兵衛に、わたしの弟子の九兵衛に廻りの髪結いをする時の台箱を誂《あつら》えておくんなさい。一生持ってもガタが来ない頑丈で上等な台箱を」

「伊三次さん……」

そう言ったきり、桂庵は言葉に窮した。図に乗った願いだったろうかと伊三次は慌てた。

だが、そうではなかった。

「弟子のために台箱がほしいのですか。何んとも欲のない。他には何か」

「いえ、それだけで充分です」

「よろしい。尾張町《おわりちょう》に腕のいい指物師《さしものし》がおります。髪結いの台箱も幾つか造っております。極上の物を造って貰いましょう」

「ありがとうございます。やあ、九兵衛は大喜びして、これから先生の家のほうに足を向けて寝られやせんよ」

伊三次は頭を下げて言った。

「いやいや、母も草葉の陰で、喜んでいることでしょう」

桂庵は泣き笑いの顔で応えた。

美佐のあやめは、お文が備前焼の花瓶に活けた。おふさも幾らか貰って行った。不破家の床の間にもあやめが飾られている。恐らく、八丁堀の周辺の家々にも、この時期はあやめが飾られているだろう。

医者の家に嫁ぎ、近隣の人々となじみながら、美佐はあやめの花のように、高貴な色を保ちつつ、健気《けなげ》に生きた。

きっと九兵衛は自分の台箱の謂《いわ》れを語る時、あやめの花と美佐のことを忘れずに言い添えるだろう。亡くなった人を忘れないことが本当の供養なのだと、伊三次はこの頃、つくづく思うようになった。

赤い花

一

鬱陶《うっとう》しい梅雨が明けた途端、江戸はいきなり夏になった。梅雨の最中《さなか》も人々は蒸し暑さに往生していたから、晴れているほうがまだましだと言う者もいたが、月代《さかやき》を焦《こ》がすほどお天道さんが照りつけるのでは、どちらがましとも言えない。

廻り髪結いの伊三次は得意先へ出かける時、なるべく日陰を歩き、汗をかかないようにしているが、家に戻ると、単衣《ひとえ》の背中に汗のしみが丸くついていた。

季節柄、往来には枇杷《びわ》葉湯《ようとう》売りの姿が目立つ。枇杷葉湯売りは五月の節句の頃より現れ、だいたい八月の半ば辺りまで商《あきな》いをする。暑気払いや疫病《えきびょう》を防ぐ効果があるという。

暑気払いはともかく、疫病を防ぐかどうかは、はなはだ疑問であると、八丁堀の町医者松浦桂庵が伊三次に言っていた。

枇杷葉湯の粉にしたものは一包四十八文、半包は二十四文と大層高直《こうじき》である。振り売りの枇杷葉湯売りは粉を売るほか、釜や茶碗を携《たずさ》え、湯に溶かして砂糖を入れたものを一杯四文で客に飲ませている。

伊三次の女房のお文も夏になると時々、枇杷葉湯売りを呼び止めて子供に飲ませていた。甘い味がついていたから、息子の伊与太《いよた》も、娘のお吉も喜んで飲んでいたと思う。

得意先を廻り、炭町の「梅床」に戻って一日の仕事を終えた伊三次は弟子の九兵衛と一緒に八丁堀・玉子屋新道の自宅へ戻るところだった。その時も夫婦者らしい枇杷葉湯売りが通りの向こうからやって来るのが見えたが、いつもはゆっくりと歩いている彼らが、やけに急いでいた。ちょうど、楓川《もみじがわ》に架かる弾正橋《だんじょうばし》を渡り、本八丁堀町の路上に出たばかりの時だった。五、六人の少年達が揉《も》み合っている姿がその先に見えた。枇杷葉湯売りは、とばっちりを恐れ、慌ててその場を通り過ぎたのだろう。

「奉行所の見習いの餓鬼どもらしいですね。あれッ、佐登里とき
ぃちゃんもいますよ」

九兵衛がそう言った途端、伊三次は走り出していた。幼い佐登里が少年達の一人の腕に噛みついたからだ。伊三次の娘のお吉は「やめて、やめて!」と金切り声を上げていた。

「やめなせェ!」

伊三次は少年達の間に割って入り、大声で制した。少年達は、はっとして手を引っ込めたが、佐登里は噛みついたままだった。地面には笹岡《ささおか》小平太《へいた》が仰向けになっていた。

さんざん殴られ、唇の隅から血を流していた。小平太は北町奉行所の見習い同心をしている。不破龍之進の妻の弟に当たる少年だった。小平太の身体に馬乗りになって殴っている少年を見て佐登里は我慢できずに嚙みついたのだろうか。しかし、佐登里がそれほど小平太と親しかったとは思えない。そこまでする義理はないはずである。

「痛《いた》ッ、離しやがれ、このう！」

嚙みつかれた少年は悲鳴を上げた。伊三次は佐登里の腋《わき》の下に手を入れて離そうとしたが、佐登里は顔をしかめてがんばっていた。

「さとちゃん、うちのお父っつぁんが来たから、もう大丈夫よ。だから、ね、離して」

お吉が宥《なだ》めるように言うと、佐登里はようやく力を抜いた。生意気そうな顔をした少年は、すぐに反撃しようと拳《こぶし》を振り上げたが、伊三次がそうさせなかった。いい加減にしなせェ、と強い口調で叱った。

「見ろ、この腕」

少年はくっきりと歯形のついた自分の腕を見せた。親に告げて、この始末をつけて貰うからな、と憎々しいことを言う。

「どうぞお好きなように。ただし、そん時は七つの餓鬼にやられたと、ご両親におっしゃることもお忘れなく」

そう言うと、少年は悔しそうに顔を歪《ゆが》め、覚えていろ、と捨て台詞《ぜりふ》を吐いて去って行った。後の三人の少年も慌てて後を追った。四人掛かりで小平太に乱暴を働いていたのだ。

「あ〜あ、坊ちゃん、羽織も着物も埃だらけになっちまいやしたよ。母上様に叱られちまいやすね」

九兵衛は小平太の手を取って立ち上がらせると、ぱんぱんと埃を払ってやった。小平太は、それをうるさそうに制した。

「あいつら、南町の見習いよ。道場の紅白試合でおいら達に負けたんで、はらいせに待ち伏せしやがったんだ。痛い目に遭《あ》いたくなかったら、今度は手加減しろだと。汚《きた》ねェ奴らよ」

小平太は憤った声で言う。

「なるほど。他のお仲間はどうしやした」

小平太一人を残して他の連中が逃げたとすれば、それもどうかと伊三次は思う。

「殴られるのはわかっていたんだ。だけど、喧嘩したことがばれたら、春日《かすが》さんにこっぴどく叱られるに決まっている。仲間の親も奉行所でお務めをしているから、春日さんだけでなく親にも叱られる。どうせ叱られるなら、おいら一人が責めを負えば、話は簡単に済む。それで他の仲間を逃がしたのよ」

春日さんとは見習い同心の指導係をしている年番方の同心で、定廻り同心不破龍之進の朋輩《ほうばい》だった。

「坊ちゃん、男ですね。ご立派ですぜ」

九兵衛が感歎《かんたん》の声を上げた。伊三次はじろりと九兵衛を睨《にら》んだ。理由はどうであれ、路上で喧嘩をするのは見習い同心として感心することではない。九兵衛は伊三次の眼に気づくと、慌てて首を縮めた。

「しかし、どうして佐登里まで出て来たんですかね」

伊三次は腑《ふ》に落ちない顔で振り返った。佐登里はお吉と手を繋いで、じっとこちらを見ていた。まだ興奮が収まっていないのか、硬い表情だった。

「お吉が、喧嘩をやめないのなら、奉行所に訴えてやると言ったのが生意気だってんで、南町のあいつがいきなりビンタを張ったのよ。だから佐登里は、かッとして嚙みついたんだ。意地のある餓鬼だ。感心するよ」

小平太はそう言って、ようやく笑顔を見せた。佐登里はお吉のために無茶な行動に出たらしい。

「お吉、大丈夫か?」

平手打ちされたと聞いて、伊三次は心配になった。

「平気。眼から星が出てくらくらしたけど、あたしも頭に血が昇《のぼ》っていたから別に痛いと感じなかったし、泣かなかった。でも、小平太さんはかなり殴られたのよ」

「坊ちゃん、とり敢えず、わたしの家に寄って傷の手当てをしましょう。そのまんまだと、笹岡様のご両親が驚きやすから」

伊三次がそう勧めると、小平太は、つかの間、躊躇《ちゅうちょ》する表情をした。だが、九兵衛も、そうなさいやしと言ったので、渋々、肯いた。

家に戻ると、お文と女中のおふさは驚いた顔になったが、なあに、単なる喧嘩よ、気にすることはねェ、と伊三次はさり気ない口調でいなした。お文が小平太の傷の手当をしている間、おふさは小平太の羽織と着物の汚れを水で濡らした手拭いで拭《ふ》いていた。

お文が軟膏《なんこう》を塗ると、小平太は傷に滲《し》みるのか、顔をしかめた。佐登里は心配そうに「兄さん、痛ェか」と訊いた。少しな、と小平太は応える。

「喧嘩はあまりしないほうがよござんすよ。坊ちゃんは奉行所のお役人なんですから」

お文は当然のように窘《たしな》める。するとお吉は「小平太さんは悪くないのよ。相手は一人じゃ勝てないものだから、仲間と束になって掛かって来たんだもの。卑怯よ」と声を荒らげた。

「卑怯なんて言葉を覚えていたのか。こいつは畏《おそ》れ入る」

伊三次は苦笑した。

「さとちゃんも見るに見かねて相手の一人に嚙みついたの。あたし、胸がすっとした」

お吉の言葉に、おふさは、はっと顔を上げて佐登里を睨んだ。佐登里は悪びれた表情でお吉の後ろに隠れた。

「さとちゃんが怪我をしたらどうするのさ。その時は近くにいる大人を呼ぶことだ」

やはりお文は、当たり前のことしか言わなかった。

「そんな暇がなかったの。ねえ？」

お吉は佐登里と小平太の顔を交互に見て相槌を求める。

「佐登里はすっぽんみてェな奴よ。喰いついたら離れねェ。今度からすっぽんと呼んでやろう」

小平太が冗談めかして言うと、いやだ、いやだと佐登里は叫んだ。それが可笑《おか》しいと、その場にいた者は、ようやく声を上げて笑った。

二

九兵衛が小平太を送って行き、とり敢えず、その場は収まった。伊三次は佐登里を連れて京橋の「松の湯」に行き、一日の汗を流した。佐登里は湯の好きな子供で、伊三次が誘うといやと言わない。自分になついているのも嬉しかった。

翌日も朝から陽射《ひざ》しが眩しかった。伊三次はいつものように九兵衛を伴って亀島町の不破家の組屋敷を訪れたが、家の中の様子が少しおかしかった。不破友之進も息子の龍之進もさえない表情だった。不破の妻のいなみの態度もよそよそしかった。自分が何か粗相をして、それで不破家の家族は気分を害しているのだろうかとも考えたくなる。九兵衛も何やら感じたようで、時々、微妙な視線を伊三次に向けていた。しかし、不破からは特に苦言らしきものは出なかった。

何より、いつも笑顔で二人を迎える龍之進の妻の姿がなかった。勝手口の外の井戸で、女中のおたつが朝から洗濯に余念がなかった。庭に面した縁側廊下で伊三次達は髪を結っていたので、おたつの様子もよく見える。

やがて、がらがらと音を立てて大八車がやって来た。単衣を尻端折《しりつぱしよ》りして、藍染めの半纏《はんてん》を羽織った男は、どうやら裏南茅場町《うらみなみかやばちよう》にある「西村屋」という蒲団屋の者らしかった。

おたつは手を止めて男を中へ促した。すぐに皮を剝《は》がした蒲団が運び出され、大八車に載《の》せられた。

今頃蒲団の打ち直しを頼んだのだろうか。

伊三次は怪訝な思いだったが、余計なことは訊《たず》ねなかった。髭《ひげ》を当たり、髪を整えると、龍之進は無言のままで腰を上げ、茶の間に引き上げた。朝めしを勧めるいなみに、龍之進が「いりませぬ」と硬い声も聞こえた。それから中間《ちゆうげん》の和助《わすけ》と一緒に奉行所へ向かった。

髪結いご用を済ませ、組屋敷の外に出たところで九兵衛が口を開いた。

「何かあったんですかねえ」

「皆、様子がおかしかったが、仔細を訊く雰囲気でもなかったしな」

「若奥様は顔を出しませんでしたねえ。もしかして……」

九兵衛は言い難そうに言葉を濁した。

「何よ」

伊三次は話の続きを急《せ》かした。

「離縁されたとか……」

「まさか」

「蒲団を打ち直しに出してましたよ。蒲団が用済みになったからじゃねェですかい」

「………」

「笹岡様の坊ちゃんは、それらしいことはおっしゃっていませんでしたねえ。まだ耳に入っていねェってことですか」

「早まるな。離縁されたと決まった訳じゃねェ」

「それはそうですけど。そいじゃ、親方はどんなふうに考えているんで？」

九兵衛に問われて、伊三次は言葉に窮した。

その時の伊三次には不破家の事情がどうしても理解できなかった。伊三次は重苦しい気持ちを抱えて九兵衛と一緒に炭町の「梅床」へ向かった。

四つ（午前十時頃）まで梅床の客をやっつけ、後は九兵衛と梅床の利助に任せ、伊三次は日本橋の丁場を廻った。途中、中食《ちゅうじき》を摂《と》るために本材木町《ほんざいもくちょう》の通りの蕎麦屋に入ると、店座敷にいた男が「親方」と、親しげに声を掛けて来た。男は九兵衛の父親の岩次《いわじ》だった。岩次は新場《しんば》の「魚佐《うおさ》」という魚問屋に今でも奉公している。

「久しぶりだなあ、岩さん。近所にいてもなかなか顔を合わせることもなくてよ」

伊三次は笑顔で岩次の傍に腰を下ろすと、店の小女に、せいろ、大盛りで、と頼んだ。岩次もせいろ蕎麦をたぐっていた。

「こう暑くちゃ、蕎麦しか喉を通りませんね」

岩次は苦笑交じりに言う。全くだ、と伊三次も相槌を打った。九兵衛が伊三次の弟子になった頃の岩次は独り者のようにしか見えなかった。しかし、歳月は順当に巡り、岩次の小鬢《こびん》には白いものがちらほら見える。そろそろ岩次も五十の声を聞く年頃である。

「岩さんの頭は九兵衛がやるのけェ？」

「ええ、まあ。最初の頃は髪を引っ張り過ぎて、頭痛が起きたこともありやしたが、ようやくこの頃は、いい感じになりやした」

「うん、なかなかいい」

褒《ほ》めると、岩次は嬉しそうに顔をほころばせた。だが、蕎麦を食べ終えても岩次は席を立とうとしなかった。新場は夕市が評判である。午後から忙しくなるのに、やけに呑気だと伊三次は内心で思っていた。その蕎麦屋は盛《も》りがいいことで近所の男達に贔屓が多かった。伊三次が入っていった時も、店の中は男の客ばかり十四、五人も座っていた。

「こんな所でする話でもねぇんですが……」

岩次は、いかにも言い難そうな表情だった。

「何かあったのけぇ？」

「へい。その前に親方に、ちょいと確かめてぇことがありやす。そのう、うちの倅が女房を持つのは、まだ早ぇですかねえ」

思わず咽《むせ》た。そんなことは考えたこともなかったからだ。岩次は伊三次の背中をとんとんと叩いた。

「すんません。つまらねぇことを喋って」

「いや、やぶからぼうだったんで、びっくりしただけよ。そいじゃ、九兵衛に言い交わした娘がいたってことか」

考えてみれば、九兵衛だって二十六になる。女房を持ってもおかしくない年頃だった。岩次に話を持ち出されて、伊三次は改めてそれを感じた。だが、岩次は「倅に言い交わした娘なんざおりやせん。あいつは色気より喰い気のほうが先ですから」と応える。

「それじゃ、何か？　縁談が持ち込まれたってことけぇ？」

「へい」

今度こそ驚いた。給金の少ない髪結い職人の弟子に娘を嫁に出したいと考える親もいたのかと思った。

「どこの娘よ」

内心では髪結床の一人娘かとも考えていた。しかし、その時の伊三次には心当たりがなかったし、また、一人息子の九兵衛を岩次と女房のお梶《かじ》が婿《むこ》に出すとも思えなかった。岩次は少し躊躇している様子だったが、思い切ったように顔を上げた。

「うちの旦那の末娘なんですよ。おてんちゃんです」

「あっちゃあ」

伊三次は妙な声を上げた。おてんのことはよく知っていた。魚佐の主の佐五七《さごしち》が四十二の時に生まれた娘で、女房のおそねもその時、三十九だった。夫婦は三男二女の五人の子供に恵まれ、年も年だし、その後、新たに子供ができるとは夢にも思っていなかったようだ。

しかし、長男が祝言を挙げ、初孫ができたばかりの頃におそねのまさかの懐妊が明らかとなった。広い世間にはよくあることだが、佐五七とおそねが誰よりも驚いていた。世間体が悪いとおそねは産むことを渋っていたが、子供達が、これは授かりものだから、おっ母さん、産んだほうがいいと強く勧め、おてんが無事に生まれたのだ。おてんは長男の子供とひとつ違いの叔母となる。生まれてみると、佐五七の可愛がりようは尋常でなかった。おれの子胤《こだね》の最後の一滴だと周りに自慢していた。

そんなおてんは何不自由なく育ったが、並の娘とは少し違っていた。おてんは兄達と一緒に家の商売に励み、父親や兄達が野暮用で出かけていても、不足がないようにきっちりと仕事をこなす。おてんがいれば後を任せられると、家族は一目《いちもく》も二目も置いている。それには伊三次も常々、感心していたものだ。

おてんは女だからと言われるのを何より嫌う娘だったので、男並に仕事をするのだ。もの心つく頃から父親にくっついて商売を覚え、十二、三になると魚佐の半纏を羽織り、競《せ》りにも顔を出すようになった。おてんが競り落とした魚はいつも活《い》きがよくて安いと評判にもなった。しかし、最初はおもしろがっていた魚問屋の連中も、おてんが酔狂に家の商売に首を突っ込んでいるのではなく、本気なのだと知ると、次第に容赦がなくなった。

少しでもドジを踏めば男達は口汚くおてんを罵《ののし》った。もちろん、それにへこたれるおてんではなかった。気性の荒さに拍車が掛かり、新入りの小僧などは、おてんを見ただけで震え上がるという。

今の季節は半纏の下に晒《さら》しを巻いて胸の膨《ふく》らみを隠し、下は白い半《はん》だこに麻草履《あさぞうり》という出で立ちで、声高に店の奉公人達を指図していた。不破友之進の娘の茜《あかね》も似たような性格だが、武家の娘の嗜《たしな》みが幾らか感じられたものだ。しかし、おてんの場合は姿こそ娘だが、中身はまるっきりの男だった。そんなおてんが九兵衛を見初《みそ》めたという。岩次はその理由がもうひとつわからないらしかった。それは伊三次も同様だった。九兵衛の何がおてんをそんな気持ちにさせたものだろうか。

「魚佐の旦那に縁談を仄《ほの》めかされたのけェ？」

伊三次は蕎麦を食べ終わり、蕎麦湯で割った汁を啜りながら訊いた。

「まだ九兵衛には喋っておりやせんがね」

「九兵衛が承知すれば岩さんは婿に出すつもりなのけェ？」

「まさか。九兵衛は髪結いしかできやせんよ」

「そいじゃ、おてんちゃんが嫁に来るってか？」

「旦那は九兵衛にその気があるなら、髪結床の株を用意するとまで言いやした。娘が可愛いのはわかりやすが、そんなことをされた日にゃ、九兵衛は一生、おてんちゃんに頭が上がりやせんよ。誰のお蔭で床を構えられたと恩に着せられてみなせェ。九兵衛が可哀想ですよ」

「だな」

伊三次は相槌を打ったが、九兵衛の将来を考えると、それをむげに断るのもどうかと思った。九兵衛にとっては千載一遇の機会かも知れないのだ。

「しかし、九兵衛はどこでおてんちゃんと口を利《き》く機会があったんだろうな。魚佐に九兵衛がしょっちゅう顔を出していたとも思えねェし」

伊三次は怪訝な思いで首を傾げた。

「今年の二月辺りでしたかね、先代の法要があったんですよ。いつもは身内だけで法要をしておりやしたが、この度は旦那も少し張り込んで、寺の法要を済ませると料理茶屋を借り切って、訪れた客に料理と酒を振る舞ったんですよ。魚佐の繁昌を宣伝するつもりもあったんでしょう。そん時、お内儀さんがおてんちゃんに、それなりの恰好をさせたんですよ。頭もね、いつものようにぐるぐる巻きにしていたんじゃおかしいから、女髪結いを頼んだんです。ところが、女髪結いが纏《まと》めた頭が気に入らなくて、おてんちゃんはすぐに解《ほど》いてしまったんです」

岩次はため息交じりに仔細を語った。蕎麦屋の客は次々に引き上げ、店座敷に残っていたのは伊三次と岩次の二人だけになった。居心地の悪さを感じながら、伊三次は黙って話を聞いた。

髪を解いたおてんに、母親のおそねは、どうして一日ぐらい我慢できないのかと文句を言ったらしい。おてんは、いやなものはいやと譲らなかった。確かに大振りの島田髷《まげ》はおてんに似合っていなかった。岩次はその時、気を利かせて、九兵衛ならもう少しましな頭にできるのではないかと考え、炭町の梅床に走ったという。伊三次の姉のお園は、そういうことなら、九兵衛ちゃん、お嬢さんの頭を纏めておやりと、快く外へ出してくれた。

女の髪を結うのは、九兵衛も得意ではなかったが、おてんの気性を考えて、つぶし島田に拵えてやったという。ついでにぼうぼうと生えていた眉毛を整え、襟足《えりあし》の無駄毛を剃ってやると、おてんは見違えるような娘になった。それにはおそねも父親の佐五七も大喜びだったそうだ。何より、当《とう》のおてんが手鏡をじっと見つめて、しばらく口を利かなかったらしい。

「それでか」

伊三次は合点が行ったような、行かなかったような、妙な気分だった。

「親方、どう思いやす？」

岩次は上目遣いで伊三次に訊いた。

「わからねェが、そいつは惚れたはれたというより、いっときのもんだろう。そんなことで九兵衛と所帯を持っても続かねェとおれは思うぜ」

「ですよね」

岩次も低い声で応えた。

「ま、もう少し、様子を見たほうがいいぜ」

「わかりやした。親方、手間を取らせてすんません」

岩次はぺこりと頭を下げ、ようやく腰を上げた。いいと言うのに岩次は伊三次の蕎麦代を払ってくれた。伊三次は却《かえ》って恐縮して蕎麦屋を出た。

三

九兵衛は伊三次がそんな話を聞かされたとも知らず、帰り道には「今日も暑かったですね」と、さして疲れた顔もせず、笑顔で伊三次に言い、自分の家に戻って行った。

伊三次が家に戻ると、縁側の下に水の張った盥《たらい》を置いて、お吉と佐登里が足を浸《つ》けていた。

「いいことをしてるじゃねェか。涼しいだろう」

伊三次は二人の頭に手を置いて言った。

「お父っつぁんも足を浸けたら？」

お吉は笑顔で誘う。

「おれは後で湯屋に行くから遠慮するぜ。さと、今日もおっちゃんと湯屋に行くか？」

「さとちゃんは行水するから、今日はいいよ」

お吉は佐登里の代わりに応えた。

「そいじゃ、お吉、一緒に行こうか」

「あらやだ。あたし、恥ずかしいから、もう男湯なんて入らないよ」

「何言ってる。まだ餓鬼のくせに」

「十《とお》を過ぎても男湯に入っていたのは魚佐のおてんさんぐらいなものよ。普通の娘はそんなことしない」

おてんの名がそんなところで出るとは思わなかった。

「おてんちゃんか……」

伊三次はため息交じりに呟いた。

「おてんちゃんがどうかしましたか、親方」

おふさが冷えた麦湯を運んで来て、そっと訊いた。

「いや、なに。こっちのことだ。お文はお座敷があるのけェ？」

「ええ。魚河岸の旦那衆の寄合があるそうです。あ、親方。いやなことをお知らせしなければなりません。不破様の若奥様は子が流れてしまったらしいですよ」

おふさは思い出したように、声をひそめて伊三次に言った。お吉と佐登里はお喋りに夢中で、おふさの話には気がついていないようだ。不意を喰らって、伊三次はつかの間、言葉に窮した。しかし、そう言われて、今朝の不破家の様子に合点が行く思いだった。

「誰に聞いたのよ」

伊三次はようやく低い声で言った。

「松浦先生の奥様ですよ。あたし、買い物の途中で奥様にお会いしたんですよ。昨夜遅くに先生は不破様に呼び出されたそうです。みつきぐらいになっていたらしいですが、若奥様はまだお身体が大人になっていないとかで、流れてしまったんでしょうね」

「そうか。おれも今朝は様子がおかしいとは思っていたのよ。蒲団屋も来ていたからな」

「子が流れて、お蒲団を汚してしまったんですね」

おふさはやり切れないようなため息をついた。龍之進の妻のきいと顔が合ったら何んと言葉を掛けてよいのか、伊三次はわからなかった。きいはもちろん、不破家の誰もが気の毒だった。向こうから言ってくるまで知らぬ振りをしていようと伊三次は思った。

「何んだか湯屋に行く気も失せた。ざっと顔と身体を拭いて、今日は仕舞いにするぜ」

「すみません。あたしが余計なことをお知らせしたばかりに」

おふさは、はっとして首を縮めた。

「いや、知らなかったら、この次、迂闊《うかつ》なことを喋らねェとも限らねェから、教えて貰って助かったよ」

伊三次はおふさを安心させるように言った。

お文はその夜、四つ（午後十時頃）に戻って来た。伊三次は道具の手入れをしながらお文を待っていた。

「あのよう」と、口火を切る前に、お文は恐ろしい勢いで着物と帯を脱ぎ捨て、流しに立って、ざぶざぶと顔を洗った。相当に汗になったらしい。それから奥の部屋に入り、簞笥《たんす》をがたがた言わせて浴衣を取り出した。

「おっ母さん、うるさい」

お吉が寝惚《ねぼ》けた声で文句を言った。堪忍しておくれな、お文は早口で謝った。浴衣に着替えたお文は、ようやく人心地のついた顔で茶の間に座った。

「暑さに往生したようだな」

「あい、さようさ。年々、暑さがこたえるようになった。わっちも年だよ」

自嘲的に言ってお文は急須を引き寄せた。

「ぬるいお茶、飲むかえ」

お文は道具を片づけ始めた伊三次に訊いた。

「ああ」

お文が淹れてくれた茶は白湯《さゆ》に近い薄さだった。冷めた湯では茶の葉も十分に開かない。それでもお文は頓着した様子もなく、うまそうに飲んでいた。よほど喉が渇いていたのだろう。

「ちょいと話があるんだが」

伊三次はおもむろにお文へ向き直った。

「何んだえ」

「九兵衛に縁談があるのよ」

伊三次がそう言うと、お文は少し驚いた表情で、へえ、相手はどこの娘だえ、と訊いた。

「これがよう、魚佐の末娘なのよ」

そう言うと、お文は、ひょいと眉を持ち上げ、ふうんと感心したような、呆れたような声を洩らした。

「昼間、蕎麦屋で岩さんに会って話を聞いたのよ。岩さんもどうしたものかと悩んでいる様子だった。お前《め》ェ、どう思う？」

「どう思うも何も、二人の気が合うのなら結構な話じゃないか。はたがとやかく心配することでもないだろう」

お文はつまらなそうに言う。

「いや、九兵衛は、まだこの話は知らねェのよ。魚佐の娘が九兵衛を見初めたというだけの話よ。だが、魚佐の旦那とお内儀さんは、すっかりその気になって舞い上がっているんだと」

「よくわからないよ。いったいどうしてあの娘が九兵衛に目をつけたんだえ」

「おてんちゃんのことは知っているのけェ？」

「ああ、何度か買い物をして口を利いたことがあるよ。気風《きつぷ》のいい娘だ」

「気風がいいどころか、形《なり》はおなごだが、中身はまるで男だ」

「そんな娘でも九兵衛にほの字になったってことか。世の中はわからないものだねえ」

伊三次は魚佐で法要があった時のことを話した。するとお文は「なるほど」と肯き、その後で、くすりと笑った。

「何が可笑しい」

「いや、あの娘は自分が女であることも忘れて家の手伝いをしていたんだろ？　恐らく男に惚れたこともなければ、もちろん、手を握られたこともなかったはずだ。それが若い髪結いに頭をいじられ、顔を撫でられ、うっとりして頭に血が昇ったのさ」

「頭をいじられてって、お前ェ……」

髪結い職人の仕事をそんなふうに言われては身もふたもない。

「わっちもお前さんに初めて髪を結って貰った時はうっとりしたよ。人に頭をいじられるのは気持ちがいいからねえ。おまけに眉毛と襟足を剃られ、女ぶりを上げて貰ったとなれば、心持ちもおかしくなるよ。しかし、それだけで九兵衛と一緒になりたいなんて、世間知らずにもほどがある」

「まあ、そうなんだが、岩さんの立場ってものもある。魚佐に世話になっている手前、その話を蹴った後に働きづらくなるんじゃねェだろうか」

「それもそうだねえ。まずは九兵衛の気持ちを訊くのが先だ。九兵衛にその気がないのなら正式な話になる前に、穏やかに断る方法を考えたらいいんだよ」

「だな……」

明日にでも九兵衛に気持ちを訊いてみるかと伊三次は内心で思った。

「そんなことより、不破の若奥様は、がっくりと気落ちしているだろうねえ。可哀想に」

お文はふと思い出して暗い顔になった。おふさから、その話を聞いていたようだ。

「全く、おれも何んと言葉を掛けていいかわからねェ。不破の旦那なり、奥様なりが何か言ってくるまで知らぬ振りをしているつもりだ」

「そうだねえ。それがいいよ。今は何を言っても慰めにならないだろうし。若奥様は元気なお人だったから、まさかこんなことになるなんてね」

お文はやるせないため息をつき、ああ、暑いねえ、ちっとも汗が引かない、と言って団扇《うちわ》を取り上げた。蚊遣《かや》りの煙がその拍子に大きく揺れた。寝苦しい夜は当分続きそうである。お吉が何か寝言を言った。その時だけ、お文と伊三次は顔を見合わせて薄く笑った。

四

翌日、不破家の髪結いご用を済ませた伊三次は深川の丁場へ行く前に、ちょいと折り入って話があるんだが、と九兵衛に言った。

「何んですか」

九兵衛は怪訝な顔で伊三次を見た。

「岩さんは何か言っていなかったけェ？」

「親父が？　いえ、別に」

「そうけェ……」

「親方、まどろっこしいですよ。話があるなら、ちゃっちゃと喋って下せェ」

九兵衛はいらいらした様子で伊三次を急かした。

「う、うん……実は魚佐の娘がな、そのう、お前ェを見初めたらしい。お前ェの嫁になりてェんだと」

そう言うと、九兵衛は驚いて目をみはった。

「親方、朝から冗談はよして下せェ」

九兵衛は怒気《はら》を孕ませた声で言った。

「冗談じゃねェのよ。ほれ、お前ェが魚佐の法要の時におてんちゃんの頭を纏めてやっただろ？　どうもあれでおてんちゃんはお前ェに、くらっとなったらしいのよ」

「だからって……」

「魚佐の旦那はおてんちゃんが本気なら、お前ェの嫁にして、ゆくゆくは髪結床の株を用意するとまで言ってるらしい」

「親方のお内儀さんもこの話は知っているんですかい」

「ああ。ゆんべ、話した」

「お内儀さんは何んと言ってるんですか」

九兵衛はお文の考えを聞きたいらしかった。

「お前ェの気持ちを訊いて、その気がないのなら、穏やかに断る方法を考えたらいいと言っていた。だが、おれは岩さんの立場もあるし、向こうが株を用意する気持ちがあるのなら、むげに断るのも……」

そう言った伊三次の話を九兵衛は途中で遮《さえぎ》った。

「親方、らしくもありやせんぜ。髪結床の株に眼が眩《くら》んで好きでもねェ娘と一緒になるなんざ、まっぴらですよ」

九兵衛にきっぱり言われて伊三次は言葉に窮した。自分のことなら貧乏は厭わないし、髪結床の株を手に入れられなくても構わないと伊三次は思っている。だが、弟子の九兵衛や自分の子供達の話になると、やはり、余裕のある暮らしをしてほしいのが正直な気持ちである。金はないよりあったほうがいいし、髪結いをしているのなら株を手にして、ゆくゆくは髪結床の主となるのが倖《しあわ》せの道だ。

「おいらは普通に娘らしい娘がいいです。おいらがおてんちゃんの頭をやったのは、親父が世話になっている店のお嬢さんだからですよ。そうじゃなかったら引き受けませんよ。女髪結いでもあるまいし。それをあの娘は何を勘違いしたものか、おいらにくらっとなった？　やってられねェ！」

だが、九兵衛は伊三次の思惑も知らず、吐き捨てるように言った。

「しかし、そいじゃ、向こうに何んと言えばいいのよ。岩さんだって頭を抱えているはずだ」

「わかりやした。仕事が済んだら、魚佐に行って、おてんちゃんと話をしてきますよ」

「大丈夫か、お前ェ。喧嘩ごしで話をしたって始まらねェぜ」

「大丈夫ですよ。ちゃんと納得するように柔らかい口調で喋りやすから」

「そうか……」

九兵衛がどんな話をするのか見当もつかなかったが、ひとまずここは九兵衛に任せることにしようと伊三次は思った。

それから九兵衛と別れて深川に向かったが、愚《ぐ》にもつかないことにあれこれ心配する自分が次第にばかばかしくなっていた。

（世の中、なるようにしかならねェ）

やけのように胸で呟いて伊三次は永代橋を渡っていた。


九兵衛はおてんと会ったようだが、さっぱりその話をしようとしなかった。伊三次が水を向けそうになると慌てて話題を逸《そ》らした。

結局、その話が棚上げになった状態のまま、日は過ぎていた。

こうと半月ぶりに伊三次は龍之進の妻のきいの姿を見た。夕方、亀島町川岸《かし》で、きいはしゃがんで水の流れを見つめていた。どこかに用足しに行った帰りだったのだろう。風呂敷包みを抱えていた。

「若奥様」

伊三次は静かな声で呼び掛けた。振り向いたきいの顔が白かった。床に就《つ》いていたせいで陽灼《ひや》けもせず、おまけに少し痩せたようにも感じられた。

「ようやくお出かけができるようになったんですね」

伊三次はきいの横に同じようにしゃがんだ。

目の前の亀島川は糊《のり》でも溶かしたように澱《よど》んでいる。汀《みぎわ》に青い藻も揺れていた。

「ちょっと、大伝馬町《おおてんまちよう》の伯母さんの家に行って来たんですよ」

「さいですか」

「ああ、小平太が大層お世話になったそうで、ありがとうございます」

伊三次はとうに忘れていたことだが、きいは律儀に礼を言った。

「お世話というほどのことはしておりませんよ」

「いつまで経っても喧嘩ばかりして、ちっとも大人になってくれない。困った子よ」

きいはため息交じりに言う。

「そんなことはありやせんよ。坊ぢゃんは男らしいですよ。あの喧嘩だって相手のほうが悪かったんですから」

「うちの人も雷を落としたのですけど、ちっともこたえている様子がなかったんですって。こんなことが続いて笹岡のご両親に嫌われなければいいのですけど」

「大丈夫ですよ」

「伊三次さんにそう言われると、あたしも何んだか安心します。ありがとうございます」

「弟さんの心配をするより、今は若奥様が元気になることが先ですよ」

「そうね、本当にそうね」

言いながら、きいは涙ぐむ。まだ流産した悲しみが癒《い》えていないようだ。

「お辛い気持ちは察しておりやす。ですが、済んだことをくよくよ悩んでも仕方ありやせんぜ」

「あたしもそう思ったから、気晴らしに伯母さんの所へ出かけたのに、伯母さんたら、不破様の大事な跡継ぎを流して申し訳ないと思わないのかと叱ったのよ。あたし、どうにも気が滅入って……」

「伯母さんは不破のお家のことを気にしているだけですよ」

「そうね。あたしも小平太が笹岡の家から追い出されやしないかと、いつも心配しているから、伯母さんもそれと同じ気持ちなのかも知れない」

「不破のお家は若奥様を追い出したりなんてしませんよ。それだけは、はっきり言えますよ」

「ありがとう、伊三次さん。でも、あたしの気持ちは晴れないの。どうしたらいいのかしらね」

「それは時が解決しますすよ。どんなに辛いことがあっても、時が過ぎれば悲しみも薄まりますからね」

　結局、伊三次は知らぬ振りができず、くどくどと慰めの言葉を並べることになった。そういうめぐり合わせになることが、伊三次は自分でも不思議に思う。

「今はとても考えられないけど……」

　きいは低い声で言う。

「無《な》い子では泣かれぬという諺《ことわざ》もございやす」

「どういうこと？」

「この世にいない子に親は泣くことがないってことですよ。この世にいる子だけに親は泣かされるんでさァ」

「……」

「ですからね、今さらあれこれ悔やんでも始まらねェってことです。肝腎なのはこれからのことですよ。めしをたくさん食べて、お元気になれば、子供はまたできます。そうじゃねェですかい」

「でも、あたしがもう少し気をつけていればと悔やんでしまうの」

「それは若奥様のせいじゃありやせん。宿ったお子さんに生きる力がなかったってことですから」

「そうなの？ でもお文さんは、あっさりと子を産んでいるじゃないの」

「とんでもねェ。うちの奴は大変な難産で産婆もお手上げだったんですぜ。産科の医者を呼んで来て、ようやく引きずり出したんでさァ。伊与太がこの世に生まれたいという気持ちが強かったせいだと、わたしは思っておりやす」

「伊与太さんはお元気？」

伊与太の名が出て、きいは、ふと思い出したように訊いた。

「へい、連絡はありやせんが、何んとかやっているでしょう」

「子供は産むのも育てるのも大変ってことね」

「さいです」

「ありがとう、伊三次さん。あたし、少し気が楽になりました」

「そいつァ、ようございやした」

伊三次は、ほっとして笑った。

「今夜、おたつさんが鰻《うなぎ》の蒲焼《かばや》きを用意してくれるのよ。あたし、たくさん食べるつもり」

「鰻たァ、豪勢ですね」

「それでね、うちの人は今日、早く戻るそうなので、晩ごはんをいただいたら茅場町のお薬師様の植木市をひやかしに行こうと誘って下さったのよ」

「そうですかい。今日は縁日《えんにち》でしたかい。こちとら毎日あくせく働いているもんで、ろくに日にちも覚えておりやせんでしたよ」

茅場町の智泉院《ちせんいん》薬師堂は毎月八日と十二日の縁日に植木市が立つ。植木好きの人々がこぞって訪れるのだ。夕方から植木の露天商が集まり、鉢植えの草木や庭木を所狭しと並べる。ただ見るだけでも楽しかった。

「皆んな、あたしを慰めようと気を遣ってくれるの。とてもありがたいと思っているけど、あたし、何んだか、たまらない気持ちになるの。いっそ、大伝馬町の伯母さんのように詰られたほうがましだと思う時もあるのよ」

「若奥様は存外、へそ曲がりですね。こんな時は黙って甘えたらいいんですよ。若旦那のためにも明るいお顔でいらして下せェ。それが皆んなのためでもありますよ」

「本当にそう思っているの？」

「へい。人生、山あり、谷ありですからね」

「今日の伊三次さんはお寺のお坊さんみたい。説教がとてもお上手」

「こいつァ」

伊三次は照れて頭の後ろに手をやった。

「それじゃ、あたしはこれで。どうもありがとう」

きいは立ち上がると伊三次に頭を下げた。

亀島町の組屋敷に向かうきいの後ろ姿は、まだ寂しそうだったが、その内にきっと元気になってくれるだろうと伊三次は内心で思っていた。

五

家に戻ると、お文が「お前さん、わっちとお吉は植木市に行くけど、一緒にどうだえ」と訊いた。

「いや、おれは何んだか疲れているから遠慮するぜ」

そう言うと、お吉が「つまらない」と口を尖《とが》らせた。

「いつも仕事ばかりで、ろくにお吉の相手もしないじゃないか。たまにはお吉の機嫌を取っても罰は当たらないよ」

お文もそんなことを言う。

「ああ、わかった、わかった。つき合えばいいんだろう、つき合えば」

女二人に嫌味を言われ、伊三次は渋々応えた。晩めしをそそくさと済ませると、三人はおふさに留守番をさせて家を出た。外はまだ薄明かりが残っていたが、茅場町の智泉院門前に着くと、植木市は早くも人々でごった返していた。武士も町人も鉢物やら庭木やら、これぞと思う品を手に入れようと躍起になっていた。

伊三次は龍之進ときいの姿を探したが、容易に見つけられそうになかった。

だが、お文が小さなもみじの鉢を買い終えた時、お吉が伊三次の袖を引いた。

「お父っつぁん、九兵衛さんがいるよ。女の人と一緒だ。あら、あれは魚佐のおてんさんじゃないかしら」

「ええっ？」

驚いてお吉が教えた露天商のひとつを見ると、なるほど九兵衛がおてんと魚佐の半纏を着た若者二人と一緒にいる姿を認めた。

「どうした風の吹き回しだろう」

伊三次は独り言のように呟いた。

「魚佐の若い衆も一緒だから、これは二人で逢引《あいびき》する図じゃないね」

お文も九兵衛に気がついて、そんなことを言う。

「逢引って……」

大袈裟なお文の言葉に伊三次は呆れた。

「でも、あの二人は存外、馬が合ったのかねえ。そうじゃなかったら、こんな所にやって来ないだろう」

お文は含み笑いを堪《こら》えるような顔で言う。

九兵衛の傍にいるおてんは涼しげな単衣にえんじ色の夏帯を締め、大層娘らしかった。いつものおてんとは別人のようだった。

「お父っつぁん、九兵衛さんはおてんさんと一緒になるの?」

お吉が横から口を挟んだ。

「んなこと、おれに訊いたってわからねェよ」

「一緒になればいいのに。おてんさんの家は魚佐だから九兵衛さんは貧乏をしなくてもいいじゃない」

「何言ってる」

お吉の理屈に伊三次は父親として、むっと腹が立った。だがお文は「お吉は利口だねえ。その通りだよ」と、むしろお吉を褒め、お前も銭のある亭主を摑むのだよ、とけしかける。

お吉は、ふふと笑った。

「世の中、金じゃねェんだ」

伊三次はやけのように言った。

「出たよ、お得意が」

お文はそう言ってからかう。手前ェ、このう、と伊三次が気色ばむと、お吉は「大丈夫だよ、お父っつぁん。あたし、お嫁入りする時はちゃんと考えるから」と伊三次を宥めた。

「おや、何を考えるのだえ」

お文は興味津々の表情でお吉の顔を覗き込む。

「もしも亭主になる人が貧乏だったら、あたしも働くから」

「何をして働くのだえ。わっちと同じ芸者になるかえ」

「ううん。あたしは芸事が好きじゃないから、そうね、女髪結いになる」

お吉の言葉に伊三次とお文はつかの間、黙り込んだ。そんなことをお吉が考えていたとは思いも寄らなかった。

「そうかえ、お吉は女髪結いになりたいのか」

お文の声にため息が交じった。

「お父っつぁん、そろそろあたしを仕込んでね」

無邪気に言ったお吉に伊三次は危うく涙ぐみそうになった。

「そうだな。お吉も十一になったんだから、そろそろ修業を始めてもいい年頃だ」

伊三次はわざと明るい声で応えた。

「嬉しい。一人前になったら、いの一番におっ母さんの髪を結ってやるよ」

お吉は張り切って言う。お文は「楽しみにしているよ」と応えた後で、そっと眼を拭っていた。いつの間にか九兵衛達の姿が見えなくなった。おおかた、近くの食べ物屋にでも行ったのだろう。龍之進ときいの姿は、とうとう見つけられなかった。

お文は帰りに植木市の近くの菓子屋に寄り、豆大福と最中《もなか》を買った。少し多めに買ったのはおふさと佐登里の分も入っていたからだろう。夜になってもさほど暑さは衰えなかった。

玉子屋新道の家に戻る道々、夜空の星がやけに輝いて見えた。お吉の将来の希望を聞いて、伊三次とお文は妙にしんみりした気持ちになっていた。お吉のことを、まだまだ子供だと思っていたが、親の思惑をよそに、お吉は大人への階段を上り始めている。伊三次とお文は今さらながら気づいたのだ。これからは、可愛いだけでは済まされない。お吉の道が立つように考えなければならない。女髪結いになりたいと言われて伊三次は面喰らったが、お吉は両親の仕事を見ている内に決心を固めたのだろう。いや、お吉は自分に芸者となる器量がないことを察していた。それは父親の伊三次にすれば不憫《ふびん》な思いもする。だからと言って、芸者になると言われた日には伊三次も大慌てとなったに違いない。結局、親は子供の進む道をおろおろと見守るしかないのだ。親なんてつまらないものだと、伊三次はその夜、つくづく思っていた。

翌日の九兵衛は伊三次に見られていたとも知らず、普段と変わらず仕事をこなしたが、心なしかうきうきしているようにも見えた。こいつは人に心配させておいて、いつまでも黙っているつもりかと、伊三次は、むっとしていた。梅床の仕事を終えて帰る時、伊三次は我慢できずに「魚佐のおてんちゃんのことはどうなったのよ」と九兵衛に訊いた。九兵衛は不意を衝かれたような表情になったが、まあ、それなりに、と曖昧に言葉を濁した。

「まあ、それなりにって、どういう意味よ」

「いきなり断りを入れるのも親父の手前、まずいんで様子を見ているところですよ」

「お前ェ、はっきり断るつもりでおてんちゃんの所に行ったんじゃなかったのけェ？」

「それはそうですけど」

「その気がなくなったということけェ？」

「いや、これには色々、訳がありやして」

「どんな訳よ」

「ちょいとひと口には言えませんよ」

「全くお前ェの話はわからねェ。別におれはおてんちゃんとお前ェが一緒になるのを反対しているんじゃねェんだぜ。それならそれで結構な話だと思うのよ。だが、お前ェは娘らしい娘がいいと言った。おれはてっきり断ったと思っていたのよ。ところが、お前ェはおてんちゃんとなかよく植木市にまで出かけてる。おれに見られたとも知らずに、嬉しそうにしてよ。断るのか承知するのか、どっちなんだ！」

伊三次は声を荒らげた。

「親方、かッかしねェで下せェ。ちょっと、そこの茶店に寄りやしょう」

九兵衛は取り繕うように松幡橋の袂《たもと》に「むぎゆ」と提灯《ちょうちん》を出している水茶屋に促した。床几《しょうぎ》に座って冷えた麦湯を啜りながら、九兵衛はおもむろに口を開いた。

「あの日、魚佐に行って、あそこに奉公しているダチにおてんちゃんを呼び出してほしいと頼んだんですよ」

魚佐には幼なじみの浜次《はまじ》と伝五郎《でんごろう》が勤めていて、おてんの気持ちは、その二人もとうに知っていた。九兵衛は断るつもりでいたが、二人はお嬢さんが本気になったのはこれが初めてだから、どうか気持ちを汲んで、話だけでも聞いてやってくれと言ったという。

それから、おてんと浜次、伝五郎、それに九兵衛の四人は近くの居酒見世《いざかみせ》に行った。おてんは照れもあって、いつもより男勝りな口を利いたそうだ。九兵衛はこんな娘は、やはりごめんだと内心で思った。

ところが浜次は「この際だから、お嬢さん、おいらも言いたいことを言わせていただきやす。少々、ご無礼な口を利きますが、よござんすか」と改まった顔で口を開いた。

浜次は九兵衛に眼をつけたおてんをさすがだと褒め上げた。こいつは男気が強い男で、昔、悪さがばれた時、九兵衛は自分達を庇《かば》って一人で罪を被り、魚佐を首になったんです、とおてんに教えた。

そういうこともあったなあと伊三次は思い出した。九兵衛は何事もなければ髪結いにならず、魚佐に奉公していたはずだ。あれは小僧だった時、店に運ぶ途中でこぼれた魚を拾い、皆んなで小売りの店に安く叩き売って小遣い銭をせしめた一件だった。

おてんは初めて聞く話に驚いた様子だった。

九兵衛は魚佐にけりをつけて髪結い職人の道を選んだ。そのことにも浜次と伝五郎は感心していた。そんな九兵衛にお嬢さんが一目惚れしたのもわかると二人は口を揃えた。

ただし、九兵衛の気持ちはまた別だと思う、と浜次は続けた。お嬢さんの男勝りの気性を九兵衛が好むとは限らないと。

するとおてんは、本当は男に生まれたかったんだと胸の内を明かした。伝五郎という若者はとぼけた表情をして、喋ることも冗談交じりの男だった。その伝五郎が、幾ら男に生まれたかったと言ったところで無理な話ですぜ、お嬢さんはおなごとして十八年も生きて来たんですからね、今さら股の間から金玉が生えても困るでしょうと言った。その言葉に男達は爆笑したが、おてんは反対に咽び泣いたという。

伊三次も噴《ふ》き出した後で「どうしておてんちゃんは泣いたんだろう」と訊いた。

「まあ、手前ェが紛《まぎ》れもなくおなごで、男にゃなれねェってことがわかったからでしょう。伝五郎の喋ったことが的を射ていたんですよ」

「なるほど。おもしれェ男だな、その伝五郎は」

「さいです。でも、二人は心底、おてんちゃんのことを心配しておりやして、おてんちゃんが娘らしい娘になったらおいらに考え直してくれねェかと言ったんでさァ。伝五郎は、男はぺんぺん草のような娘にゃ見向きもしねェもんです、お嬢さんは赤い花にならなきゃいけやせんって、懇々とおてんちゃんを諭したんですよ」

「赤い花……」

「人の眼を引く赤い花ですよ。それでゆんべ、植木市に皆んなで赤い花を探しに行ったんですよ」

「あったのけェ？」

「これがね、なかなかねェんですよ。おいらも不思議な気がしましたよ。まあ、今は夏ですから春の赤い花が姿を消していたせいもあったでしょうがね。ようやく見つけたのが貴船菊《きぶねぎく》でした」

「貴船菊？」

「へい、京の貴船という所に咲く花で菊に似ているんですよ。だけど、やっぱり真っ赤じゃなくて、ほんのり紅に染まっている花でした。おてんちゃんは気に入ったみてェでした。伝五郎は、おてんちゃんにぴったりだと歯の浮くような世辞を言ってましたよ」

「その伝五郎も浜次も、やけにおてんちゃんの肩を持つんだな」

伊三次は二人の若者が奉公人以上におてんを気遣うのが不思議に思えた。

「伝五郎のお袋が病に倒れた時、奴のきょうだいは一緒に住んでいる者が看病したらいいと知らん顔をしたんですよ。伝五郎はお袋と二人暮らしをしていましたからね。そしたらおてんちゃんは、この薄情者と奴のきょうだいに悪態をついて、そいで手前ェが泊り込みで看病したんですよ。伝五郎のお袋は今じゃぴんぴんしておりやす」

「すげェな」

「浜次は兄貴が賭場《とば》で借金を拵えて、今しも簀巻《すま》きにされて大川へ投げ込まれようとした時、おてんちゃんは親父さんにとりなしてくれるよう口を利いたんですよ。お蔭で兄貴の命は助かり、今は魚佐で一緒に働いておりやす」

おてんは見掛けとは別に人情に篤《あつ》い娘なのだろう。九兵衛は二人の話を聞いて、考え方が変わったのだろうかと伊三次は思った。

「いい娘だな、おてんちゃんは」

「さいですね」

九兵衛はそっけなく応える。

「だが、お前ェの嫁になるかどうかは、また別の話なんだな」

「………」

「おてんちゃんが赤い花になったら考えるのけェ？」

「親方、おいら、どうしたらいいかわからねェ。断るのは簡単ですよ。その後は魚佐に近寄らなきゃいいんですから。親父が居づらくなったところで、親父だって、そろそろ五十だ。店を辞めて隠居してもいい年頃だ。だけど、おいらは断った後で悔やむような気がするんですよ」

九兵衛は切羽詰まった表情で言った。

「待ってやんな」

「え？」

「おてんちゃんが赤い花になるのを」

「…………」

「ただよ、持って生まれた気性は変わらねェと思うぜ。ただ、おてんちゃんが赤い花になろうとしているのだけは確かだ。それをお前ェが認めてやるか、やらないのかの話よ。つまりお前ェの気持ち次第ってことだ」

「そうなんですかねえ」

「待ってやんな」

伊三次はもう一度言って腰を上げた。伊三次が茶代を払おうとすると、九兵衛は慌てて、親方、ここはおいらが、と制した。

「お前ェに奢《おご》られるのは初めてだな」

伊三次は苦笑いした。

「けちな髪結いの弟子でも出す時は出しますよ」

「けちな髪結いたァ、何んだ」

「すんません、つい口が滑りやした」

九兵衛は肩をすくめて、にッと笑った。

九兵衛とは、その水茶屋の前で別れた。

伊三次も、まっすぐ家に帰るつもりだったが、ふと、本八丁堀町の自身番に寄って、松助の顔を見たくなった。自分の気持ちを松助に聞いて貰いたかった。

八丁堀沿いの通りを歩いていると、ちょうど松助が自身番から出て来るのが見えた。松さん、と呼び掛ける声を伊三次は呑み込んだ。松助は佐登里と一緒だった。岡っ引きの御用は木戸を閉める四つまであるが、途中、晩めしを摂りに家に戻るところだったのだろう。佐登里は松助を迎えに来たらしい。

松助は鼻唄交じりに通りを歩く。佐登里は松助の左手を自分の手の甲でピタピタと叩いた。手を繋げと催促していた。松助はそれに気づいて佐登里の手を握り、その時、寄り目にして、おどけた表情を作った。佐登里の弾《はじ》けるような笑い声が聞こえた。二人の邪魔をするのは野暮だろうと、伊三次は声を掛けるのをやめた。

伊三次は黙って二人の後ろ姿を見つめていた。取るに足らない二人の仕種に深い情が通っていた。それが伊三次の胸を温かいもので満たした。佐登里は松助とおふさにとって紛れもなくこの世にひとつの赤い花だった。

枇杷葉湯売りが伊三次の横を緩慢な足取りで通り過ぎた。夏は、まだ終わらない。

赤のまんまに魚《とと》そえて

一

江戸は相変わらず残暑が厳しく、人々は眠られぬ夜を過ごしていたが、近頃は草むらのあちこちで虫の音《ね》が聞こえるようになった。人間様はまだまだ夏の気分でいても、虫達は、いち早く秋の気配を察しているらしい。

月の明るい夜などは虫の音を聞きながら家路を辿《たど》るのも一興である。小粒の鈴を一斉に鳴らしたような虫の音は、時にやかましいと感じることもあるが、たいていは、じっと耳を傾けてしまう。虫の音には、何かしら人の気持ちを癒《いや》す効果があるのではないかと廻り髪結いの伊三次は思っている。

伊三次が仕事の帰りに八丁堀の町医者松浦桂庵の家に立ち寄ったのは、弟子の九兵衛が使う台箱がようやくでき上がったと知らせを受けたからだ。廻り髪結いが携える台箱は別名鬢盥《びんだらい》とも呼び、商売道具が収められている。

伊三次も昔、贔屓の客に誂えて貰った台箱を今でも大事に使っていた。九兵衛の台箱は桂庵が後ろ盾となって新調されたものである。

桂庵の母親は今年の梅雨の頃に亡くなった。当初は事故と考えられていたが、葬儀の後で色々不審な点が出て来て他殺の疑いも濃厚になった。桂庵は、懇意にしている伊三次にそれとなく調べを依頼したのだ。伊三次が慎重に調べを進めた結果、母親の身の周りの世話をしていた女中が下手人として浮上した。

女中には共犯者がいて、それは桂庵の弟子だった。母親が死んだことでも意気消沈していたのに、さらに家から二人も縄付《なわつ》きを出してしまった桂庵の落胆は察してあまりあるものがあった。

無事に下手人を捕縛した後で、桂庵は骨を折ってくれた伊三次に礼がしたいと言った。それは母親の供養の意味もあったらしい。

伊三次は遠慮したのだが、桂庵は引き下がらなかった。それで、図々しいとは思いながらも九兵衛の台箱を所望したのだ。本来は九兵衛の親方である伊三次がそれをすべきだった。桂庵はその願いを快く引き受けてくれた。

尾張町の指物師が丹精込めて拵えた台箱は硬い欅《けやき》を使い、根来《ねごろ》塗りが鮮やかに施されたものだった。根来塗りは九兵衛の希望でもある。朱色が眼に眩しかった。

「ちょいと派手過ぎやしませんかねえ。いいえ、誂えていただいて、こんなことを申し上げるのは何んですが」

　伊三次はおそるおそるという感じで桂庵に言った。

「わしも最初は度肝《どぎも》を抜かれたが、これを拵えた鍵蔵《かぎぞう》という指物師は、今は派手でも年月とともに落ち着いた色になると言っていた。九兵衛の好みだから、はたがとやかく言うことでもあるまい。これでいいのだ」

　桂庵は余計な思いを振り払うように、きっぱりと言った。それもそうだと、伊三次も肯いた。

「それでの、台箱ができました、ほれっと差し出すのも興がないので、道具開きと称して一席設けるのはどうかの。九兵衛の新たな門出ともなろう」

　桂庵は機嫌のよい顔になって続ける。

「さいですね。奴もきっと喜びますよ」

「ついでだ。その一席設ける掛かりもわしが持とう」

「とんでもねェ。そこまで甘えちゃ罰が当たりやす。その件は手前が承《うけたまわ》ります」

　台箱の代金だって相当な額になったはずだ。これ以上、桂庵におんぶに抱っこでは九兵衛の親方としての面目がない。九兵衛の親しい人間を集めて一席設けるぐらいはしなければと、伊三次は思った。女房のお文に相談すれば、きっと色よい返事が貰えるだろう。九兵衛の住まいの裏店《うらだな》は狭いので、お文が世話になっている芸妓屋の「前田」の座敷を借りてもいいと心積もりしていた。

日にちと時間が決まったら、改めてお知らせしますと言って、伊三次は暇乞《いとまご》いして桂庵の家を出た。

足許で虫の音が盛んに聞こえていた。虫の音を聞きながら玉子屋新道の自宅へ向かっていると、自分が新しい台箱を持った時のことが思い出された。

伊三次はその時、まだ二十歳前だった。木地《きじ》蠟《ろ》塗りの台箱は京橋の小間物屋の隠居が誂えてくれたものだ。隠居は商売を息子に渡してから、長年の疲れが出たのか身体が弱くなった。ちょっと風邪を引いただけで、ひと月も床《とこ》に就くのだ。だが、調子のよい時は句会に出かけることもあった。伊三次が呼ばれるのは、そんな時だった。さして愛想をした覚えはないのだが、隠居は伊三次を可愛がってくれた。その頃は、商売道具を木箱に入れ、風呂敷に包んで隠居の許を訪れていた。

隠居は台箱も持たないで廻りをしていた伊三次を内心で憐れんでいたのだろう。ある日、隠居に呼ばれて京橋の店に行くと、隠居はにこにこして、お前は真面目に商売に励んでいるからご褒美をあげようと言って、新しい台箱を差し出したのだ。伊三次は驚きと喜びで、ろくに口も利けなかった。ただ、頭を下げるばかりだった。

その台箱は九兵衛のと同じ欅でできているが、表面には木地蠟塗りが施されていた。漆《うるし》を塗り、研《と》いで照りを出し、蠟《ろう》色に仕上げるので木地蠟塗りと呼ばれるのだと、隠居は丁寧に伊三次に教えてくれた。

あれから二十年以上も年月が過ぎた。木の香も新しかった台箱は疵《きず》と古びが眼につく。しかし、伊三次にとっては一生ものの大事な台箱である。その台箱を誂えてくれた小間物屋の隠居は、とうにこの世にいない。香典を出す余裕もなかったので、伊三次は隠居の弔いにも行っていない。そっと葬列を見送っただけだ。隠居は草葉の陰で、さぞ苦笑いしていたことだろう。昔の自分は、きっと人ではなく、若い獣《けもの》だったのだ。義理も人情も構ったことではないと、肩で風を切って歩いていた。そんな昔の自分を思い出す度、伊三次は赤面する。全く恥さらしなことばかりだった。かと言って、昔に戻って生き直したいとまでは思わない。結局、そんな恥さらしな日々を通って、今の自分があるのだと思う。

久しぶりに隠居の温顔が脳裏に甦り、伊三次は思わず、両手を合わせていた。

家に戻ると、女房のお文と娘のお吉が覆《おお》いを掛けた箱膳を前にして待っていた。

「何んだ、めしはまだだったのけェ。先に喰っていりゃよかったのによ」

自分を待っていてくれたのが嬉しいくせに伊三次はそんなことを言った。

「今夜は松浦先生のお宅に伺って、不破の旦那のご用じゃないから、じきに戻るはずだとお吉が言うので待っていたのさ」

お文は笑顔で応える。

「そうけェ。お吉、腹が減っただろうな」

伊三次は傍《かたわ》らのお吉に訊く。お吉は伊三次のめし茶碗を取り上げ、お櫃《ひつ》からめしをよそっていた。

「ううん、平気。皆んなで食べるほうがおいしいから」

「だな」

伊三次はめし茶碗を受け取りながら応えた。

今夜のお菜は大根の煮物、小女子《こうなご》の佃煮、わかめと瓜《うり》の酢の物、香の物、それにしじみ汁だ。暑さに往生している身にはありがたい献立である。

「九兵衛の台箱はでき上がったようだね」

お文は湯呑の冷酒をちびちび啜りながら訊いた。

「おうよ。立派なできだった。根来塗りにしたから、やけに派手に見えるが、その内に色が落ち着いてくるそうだ」

「持って来なかったのかえ。九兵衛も楽しみに待っているはずだ」

「松浦先生は台箱を渡す時、道具開きと称して一席設けてはどうかとおっしゃったのよ」

「おや、大変」

お文は、きゅっと眉を上げた。

「松浦先生も金を出した手前、ちょいと形をつけたくなったんだろう。前田の座敷を借りるのはどうかな」

「前田の座敷？　困ったねえ、お内儀さんはお客様が少なくなった頃を見計らって、屋根の雨漏りを直し、畳も入れ替えるつもりなのさ。畳屋にはひと月も前から声を掛けていたし、屋根屋の職人は昨日、様子を見に来ていたよ。ぐずぐずしていたら野分《のわき》（台風）の季節になるから、その前に仕事に掛かるつもりらしい」

「そいじゃ、前田は、ばたばたして落ち着かねぇな」

「うちでやったら？」

お吉が口を挟んだ。

「うちで？」

伊三次は意外そうな顔でお吉に訊いた。

「九兵衛さんの所よりいいでしょう？　襖《ふすま》を開け放せば、茶の間と奥で大広間になるよ。お料理は仕出しを頼めばいいじゃない」

「そう簡単に言うけど、大変だよ。片づけと掃除をしなきゃならないし、仕出しだって安くない銭が掛かるんだ」

お文は困り顔して言う。

「それじゃ、おふささんにお赤飯と煮しめを拵えて貰い、九兵衛さんのお父っつぁんは魚佐に勤めているから、活きのいいお魚が手に入るでしょう？　おめでたい席だから鯛のお刺身なんて食べたいな」

「お前のお祝いじゃないんだよ」

お文がぴしりと制した。だが、伊三次はそれがいいかも知れないと思った。

「そうするか」

張り切って言うと、お吉が箸を置いて掌を叩いた。

「掛かりは誰が持つのだえ」

だが、冷静なお文はにこりともせずに訊く。

伊三次はお吉と顔を見合わせた。財布を握っているのは伊三次でなくお文だ。

「おれは九兵衛の親方だし、そのう……」

伊三次は、もごもごと言う。傍でお吉が心配そうな表情で見守っていた。

「はっきりお言いよ。親方のお内儀さん、お願いします、とね」

お文の表情は悪戯っぽく変わっていた。それを見て、お吉は「おっ母さん、お願い。お父っつぁんと九兵衛さんのために、ひと肌脱いで」と、伊三次の代わりに頭を下げた。

伊三次はお吉の気持ちが、涙が出るほど嬉しかった。

「あいあい。そこまで言われちゃ、この文吉《ぶんきち》姐さんもいやとは言えない。この件、しかと承った」

お文が芝居掛かった口調で応えると、伊三次とお吉はようやく笑顔になった。

二

お文や女中のおふさ、それに九兵衛の母親のお梶も加わって道具開きの準備をしている頃、伊三次に新しい客から声が掛かった。

八丁堀・北紺屋町《きたこんやちょう》の菓子屋「金沢屋《かなざわや》」の息子の依頼だった。金沢屋は老舗の菓子屋で旗本屋敷御用《ごよう》達《た》しの店であり、また茶会で出す菓子の注文も引き受ける格式高い菓子屋である。白い皮の真ん中にぽ、ち、ん、と紅の印をつけた「えくぼ饅頭」、味噌と白ごまの入った「松風煎餅《せんべい》」、季節の草花をかたどった干菓子などが有名である。

伊三次は同じ八丁堀のせいもあって金沢屋のことはよく覚えているが、息子のことは知らなかった。

用事を伝えに来たのは、その店の女中で、若旦那はちょいと怪我をして町内の髪結床に出かけられないので、この家は廻り髪結いをしていると聞いたから、どうぞ頼まれておくれと頭を下げた。その女中は陽に灼けた真っ黒い顔をして、丈夫が取り柄というだけで、お世辞にも可愛いとは言えない娘だった。年の頃、二十歳ぐらいだろうか。高級菓子を扱う菓子屋の女中にはふさわしくないように思えた。

伊三次は出入りの髪結いに頼めばいいだろうと言ったが、その女中は、若旦那がお気に召さないのです、と喰い下がった。仕事が立て込んでいたので、伊三次も暇という訳ではなかったが、当人は怪我をしているようだし、また、断れば、その女中が帰ってから叱られるだろうと思い、わかりやした、これから参じやす、と応えた。女中は安心したように白い歯を見せた。

金沢屋は間口二間で、それほど建物は大きくない。軒下を白の地に鶯《うぐいす》色で「かし金沢」と書かれた短い暖簾《のれん》で囲み、店先に笹竹の植木鉢を置いたあっさりした佇《たたず》まいの店だった。

店座敷には壁際に菓子箪笥が置かれ、客の求めに応じて店の手代らしいのが菓子箪笥を開け、そこに納められている菓子を取り出して、菓子折に詰めたり、経木《きょうぎ》で包んだりしていた。

伊三次は女中に促され、店の横の狭い路地を入った。表から見るより存外に建物は奥行きがあった。店の奥に作業場があり、職人達が半裸の恰好で菓子を拵えているのが見える。煙抜きの窓からは小豆を煮る甘い匂いも漂っていた。

路地の突き当りの簾《すだれ》が下がっている所が母屋の出入り口だった。三和土《たたき》に履物が何足も並んでいる。上がり框《かまち》の先に廊下を挟んで障子の部屋があった。母屋は仄暗く、陰気な感じがした。だが、廊下を進んで行くと坪庭が見えて、明るい光も射し込んできた。

その坪庭に面した部屋の縁側で団扇を使っている二十五、六の男が金沢屋の息子の庄《しょう》助《すけ》だった。息子の名前は北紺屋町へ向かう道々、その女中から教えて貰った。ついでに、女中の名前はあさだという。昼でも夜でも「あさ、あさ」と呼ばれると、冗談を言って伊三次を笑わせた。

庄助は浴衣姿だったが、怪我をしているふうには見えなかった。庄助は伊三次を見ると、ひょいと顎をしゃくった。面長でくっきりした二重瞼の庄助は男前だったが、どこかその表情に崩れたものを感じさせる。商売が繁昌しているので、潤沢な小遣いを手にし、今日は吉原、明日は深川と遊び暮らしているのだろう。つかの間、仕事を引き受けたことを伊三次は悔やむ気持ちにもなっていた。その手の輩を伊三次は嫌う。親の懐を当てにして遊ぶのが許せない。遊ぶなら手前《てめ》ェの金で遊べ、と言いたいのだ。だが、伊三次は、そんなことをけぶりにも出さず「髪結いの伊三次と申しやす。本日はお声を掛けていただき、ありがとうございやす。若旦那のお気に召すかどうかはわかりやせんが、とり敢えず、やらせていただきやす」と、畏まって挨拶した。

「なになに、堅苦しい挨拶はいいってことよ。親戚の祝言があって、式は遠慮したんだが、披露宴には是非とも出ろと親父に言われたもんで、仕方なく出かけることにしたのよ。十日も寝ついていたもんで、髭はぼうぼうだし、髪はそそけている。こりゃあ、何んとかしなきゃなるめェてんで、お前さんに声を掛けたのさ」

庄助は気軽な口調で応えた。

「金沢屋さんなら、出入りの髪結いもいるでしょうに、何んでまた手前にお声を掛けたんで？」

庄助の肩に手拭いを掛けながら伊三次は訊いた。

「わたしは虎床《とらどこ》の親方に頭をまとめて貰っていたが、近頃、親方は倅に仕事を譲ったのよ。この倅は、腕はねェくせに、やけにお喋《しゃべ》りだ。おまけに金棒引《かなぼうひ》き（世間の噂好き）ときてる。わたしが顔を出せば、あれやこれやと探りを入れるに決まっているんだ。三番目のかみさんとは、まだ続いているのかってね」

虎床は茅場町にある髪結床で、そこの親方と息子は伊三次もよく知っていた。親方の息子は庄助が言うほどお喋りでないし、金棒引きでもないと思う。それより、庄助が二度離縁して、三度目の女房と一緒になっていることに驚いていた。やはり、普通の男とは、ちょいと違うようだ。庄助の頭をやるのはこの限りで、次はないと伊三次は心に決めていた。

髭を剃ってから、伊三次は庄助の古い元結《もっとい》を鋏《はさみ》で切り落とした。ざんばらになった髪を丁寧に梳《す》くと、庄助は気持ちよさそうに唸った。坪庭に盥が出してあったのは、庄助が行水したからだろう。

女中のあさは伊三次が仕事を始めると、盥の水を盛大に庭へ振り撒いた。

「あ、冷《つめ》てッ！　こら、あさ、気をつけろ。水が掛かったじゃないか」

「すんません」

あさは首を縮めて謝った。

「本当にお前はぞんざいなおなごだ。そんなことだと嫁入り先が見つからないよ」

「大きなお世話でございます」

あさは低い声で言葉を返した。庄助は愉快そうに声を上げて笑ったが、あさは仏頂面だった。庄助の遠慮会釈のない言葉に傷ついた様子に見える。あさは普通の奉公人以上に庄助を慕っているのかも知れないと、伊三次はふと思った。

「怪我をしたとお聞きしましたが、もうよろしいんですかい」

さり気なく訊くと、なあに、と庄助は笑みを消した。

「わたしの遊びが過ぎるんで、女房の奴、出刃包丁を振り回したのさ。ほんのかすり傷だが、場所が太腿だから歩くのに往生しているのよ」

「刃物沙汰の夫婦喧嘩とは穏やかじゃありやせんね」

「おうよ。あんな恐ろしいおなごとは思わなかった。すぐに家から叩き出してやったよ」

「………」

その女房がそれからどうしたのか気になったが、金棒引きだと思われないように伊三次は敢えて訊かなかった。ものの小半刻《こはんとき》（約三十分）で、仕事を終え、伊三次は決まりの三十二文の手間賃に、ちょいと祝儀をつけて貰って金沢屋を出た。庄助はこれから紋付に着替えて、駕籠《かご》で披露宴の会場へ向かうという。

女中のあさは「髪結いさん、ありがとうございました、助かりました」と、丁寧に礼を述べて見送ってくれた。

路地を抜け、通りに出た時、思わずため息が出た。庄助が四番目の女房を持つのも時間の問題のような気がする。金沢屋もあんな跡継ぎがいては先行きが危ぶまれるというものだ。しかし、金沢屋の若お内儀と呼ばれたい娘は世の中に多いらしい。近頃の娘気質《かたぎ》にも伊三次は疑問を覚える。貧乏でもいいから、惚れて惚れられた相手と一緒になりたいと思わないのだろうか。金さえあれば倖せになれると考える娘ばかりに思える。

少し滅入った気持ちを抱え、伊三次は次の丁場へ向かう前に炭町の「梅床」へ寄り、客の入りを確かめようと通りを南へ歩き出した。梅床は伊三次の姉の連れ合いがやっている見世で、主の十兵衛は中風を患ったので伊三次が手伝っている。と言っても、この頃は九兵衛に任せ切りだった。

半町も歩かない内に、伊三次は本八丁堀町界隈を縄張にする松助と出くわした。

「おう、伊三次」

松助は気軽に声を掛けた。金沢屋の横の路地から出て来た伊三次を見ていたらしく
「金沢屋の仕事もするようになったのけェ」と訊いた。

「いや、親戚の祝言があるとかで、店の若旦那に、急に呼ばれたんでさァ」

「そう言や、そうだな。旦那と大お内儀が朝早く出かけるところを見たぜ。若旦那はまだ出かけていなかったのけェ」

「式は遠慮して、披露宴だけ出るそうですよ。何しろ、太腿を刺されたみてェですから」

「若旦那は浮気が過ぎるのよ。何日も家に帰らねェから、女房は悋気《りんき》のあまり、心持ちもおかしくなったんだろう」

「今の女房は三番目だそうで」

「ああ。おなごは一人じゃ間に合わねェらしい」

「何を考えているんですかねえ」

「何も考えていねェのよ」

ぼそりと応えた松助に伊三次は思わず笑った。

「ところで、その金沢屋だが、出て行った女房が行方知れずになっているのよ。実家の母親から届けが出ている。亭主を刺したことを思い詰めて、ばかなことをしなければいいがと思っているのよ」

松助は真顔になって続けた。おふさが身の周りの世話をするので、松助は、こざっぱりとした恰好をしている。以前の松助とは別人のようだ。気のせいか、顔の表情も鷹揚《おうよう》に感じられる。

「夫婦喧嘩をしたのは十日ほど前のことですかねえ。すぐに女房を家から叩き出したと言っておりやしたぜ」

伊三次は庄助から聞いた話を伝えた。

「今の女房は浅草広小路の水茶屋の茶酌女《ちゃくみむすめ》だったのよ。若くて器量よしと評判だった。若旦那が毎度通ってくどき落としたんだろう。しかし、出て行った後の女房の足取りがさっぱり摑めねェ。どうしたらいいものかと頭を抱えているわな」

「若旦那は普段、茅場町の虎床で頭をやっていたようですぜ。虎床は、よく知っている見世だから、ちょいと話を聞いてきますかい？」

「いいのか？　お前ェだって忙しいだろうが」

松助は気の毒そうな顔で言う。

「虎床の倅は若旦那の事情に詳しいみたいなんですよ。おれも若旦那のことが、ちょいと気になるもんで」

「女房を何人も替える男が気になるのか」

松助は悪戯っぽい眼で訊く。

「惚れたはれたとやっていた娘でも、女房となれば、皆、同じですよ。あの若旦那はそれがわかっていないらしい。なまじ金があるのも考えもんですよ。了簡できねェんですから」

伊三次がそう言うと、松助は、違いねェと皮肉な笑みを洩らした。

三

虎床は茅場町の大番屋の近くに見世を出している。油障子に虎の絵を描き、その横に虎床となぞり書きしてあるが、季節柄、油障子は開け放たれ、店座敷の縁に腰を掛けた客が虎床の息子の豊松《とよまつ》に髪を結われている姿が眼についた。豊松はすぐに伊三次に気づき、中へ入れというように顎をしゃくった。土間口の床几に座って順番を待っていた客がその拍子に顔を上げたが、すぐに読み掛けの黄表紙《きびょうし》へ眼を落とした。

「珍しいじゃねェか。どうした風の吹き回しだろうな」

豊松は冗談交じりに言う。豊松は子供の頃、身体が小さかったので、遊び仲間からチビと呼ばれていた。大人になった今も相変わらず小柄な身体をしている。分別臭い表情とその身体はそぐわない。チビの豊松も三十を過ぎているはずだ。五年前に女房を迎え、三つになる娘がいた。

「ちょいと通り掛かったもんで、豊ちゃんの顔を見たくなったのよ」

伊三次は笑顔で応え、空いている床几に腰を下ろした。順番を待っている客の真向かいにも床几が置いてあった。

「そうけェ。兄さんに気に掛けて貰って嬉しいよう。こんな面だが、とくと眺めてくんな。太吉《たきち》、仮紐《かりひも》」

軽口を叩きながら、豊松は後ろに控えていた下剃りへ指示を出す。

「豊ちゃんは金沢屋の若旦那の頭をやるんだってな」

伊三次は豊松の仕事ぶりを眺めながら、さり気なく訊いた。

「ああ。金沢屋の旦那は昔から、うちを贔屓にしてくれたんで、その流れで若旦那の頭もやっていたが、近頃はとんとお見限りよ」

「実は今日、おれはその若旦那に呼ばれてよ、頭をやって来たんだ」

そう言うと、豊松の顔につかの間、不愉快そうな色が浮かんだ。伊三次が客を取ったと思ったらしい。

「いや、若旦那は怪我をして歩けねェんで、無理やり頼まれたのよ。次に呼ばれても行くつもりはねェが」

伊三次は取り繕うように続けた。

「怪我をしたって?」

豊松は怪訝な顔になり、慌てて客の頭に元結を結びつけ、仮紐を外した。髷の刷毛先を鋏で切り、髷棒で鬢《びん》の形を整えると、肩の手拭いを外し、いかがさまで、と客に手鏡を差し出す。お店《たな》者ふうの男はちらりと頭のできを確かめると、ありがとよ、と言って立ち上がった。豊松は手間賃を受け取ると、客を送り出し、次の客を店座敷へ促した。

「太吉、ちょいと頼む」

豊松は下剃りに客を任せ、伊三次の横へ腰を下ろした。

「若旦那は何んで怪我をしたのよ」

豊松は腰に下げた煙草入れから煙管《きせる》を取り出し、煙草盆に用意されていた火入れ（煙管用の小さな炉《ろ》）で火を点《つ》けながら訊く。

「そのう、女房に太腿を刺されたらしい。なに、かすり傷と言っていたが」

「ざまァ、ねェ」

豊松は小意地悪く吐き捨てた。

「若旦那は女房を叩き出したそうだが、その女房が行方知れずになっているらしい。顔見知りの岡っ引きが言っていたのよ。それで豊ちゃんなら、何か心当たりでもないかと思ってよ」

「ねェよ、心当たりなんざ。しかし、妙だな。若旦那の女房は決まってそんなことになる」

「そんなことって？」

「だから、首を縊《くく》って自害したり、行方知れずになったりするのよ。何んか怪しいなあとは思っているんだが、奉行所の役人は頓着している様子がねェから、こいつはたまたまのことなんだろうな」

「首縊りしたのは最初の女房なのかい、それとも二番目？」

「最初の女房だ。神田の菓子屋の娘だった。祝言を挙げて一年後のことだった」

「……」

「若旦那の浮気が過ぎるんで、思い詰めて自害したと世間は噂した。二番目は三年ほど続いたが、それもある日、ふっつり姿を晦《くら》ました。そいつは吉原の妓《おんな》だったという噂だ。だが、実家の親きょうだいとは行き来してなかったんで、金沢屋が行方知れずの届けを出したようだ。まだ、見つかったとは聞いていねェぜ」

豊松の話を聞きながら、伊三次は次第に重苦しい気分になっていた。庄助の女房達がそんなことになったのは、果たして偶然なのだろうかと。

「金沢屋の近所は若旦那が殺したと噂している。おれは半信半疑だ。若旦那がうちへ来た時は冗談を言って笑わせてばかりよ。そんな奴が殺しをするとは、とても思えねェ。だが、二番目の女房が行方知れずになったと聞いた時は、殺されたのかなあと思ったけどよ」

豊松はため息交じりに続け、灰吹きに煙管の雁首《がんくび》を打ちつけた。

「殺されているよ」

それまで黙っていた客がぼそりと口を挟んだ。伊三次はぎょっとして客の顔を見た。金沢屋の若旦那と似た年頃の男だった。

「ゆうさん、滅多なことは喋らねェほうがいいぜ」

豊松は慌てて男を制した。

「そちらさんは、若旦那をご存じなんですかい」

伊三次はおそるおそる訊く。太吉に髭を剃って貰いながら、その男は横目で伊三次と豊松を見ていた。

「ああ。餓鬼の頃から知っている。あいつは店の女中にすべて手を出し、小僧の顔にゃ小便を引っ掛けたりして、手がつけられねェ男だった。親が持たせるものをもたせりゃ落ち着くだろうと、十八の時に嫁を迎えたが、おれ達はいつまで続くかと陰で言っていたのよ。案の定だったぜ」

男は金沢屋の近所の水谷町《みずたにちょう》に住んでいる左官職人だという。昼で仕事が仕舞いになったので、虎床に行く気になったと言った。

殺しの下手人というものは土地の岡っ引きや奉行所の役人が調べをする前に近所が気づいている場合が多いものだ。これは単なる人捜しではなく、もっと大きな事件なのかも知れないと伊三次は俄《にわか》に緊張してきた。

「豊ちゃん、金沢屋の若旦那には、おれがここへ来たことは内緒にしてくれ。そちらさんも、くれぐれもご内聞に」

伊三次は慎重に釘を刺した。北町奉行所の臨時廻り同心を務めている不破友之進や息子の龍之進に相談しなければならないと思った。

しかし、不審なことが続いているのに、今まで庄助に疑いが掛からなかったことが不思議である。自身番で事情を訊かれたこともあったはずだ。親が店の看板に疵がつくことを恐れるあまり、何らかの力を借りて事件を隠蔽したのだろうか。様々な疑問が伊三次を悩ませ、九兵衛の道具開きどころではなくなっていた。ところが、夕方、家に戻った時、お文は「道具開きは明日の夜にするよ。いいかえ」と伊三次に言った。ああ、いいだろうと応えたが、気持ちは上の空だった。

夕七つ半頃(午後五時頃)、伊三次は不破が奉行所から戻る時刻を見計らい、亀島町の組屋敷を訪れた。

不破の妻のいなみに九兵衛の道具開きのことを手短に伝えた後、伊三次は書物部屋にいた不破に庄助のことを話した。不破は腕組みし、眼を閉じてじっと聞き入った。それから、臭《にお》うな、とぽつりと応えた。

「わたしが不思議に思うのは、これだけ怪しい様子があるのに、奉行所がさして疑いの眼を向けていなかったことですよ」

　そう言うと、不破は苦い表情で肯いた。

「まあな。そこいらにいる野郎だったら自身番にしょっ引《ぴ》いて、ちょいと締め上げただろうが、何しろ金沢屋の倅だ。滅多なことはできなかったのよ。あらぬ疑いを掛けられ、店の信用を落とした、どうしてくれると逆に奉行所が訴えられる羽目にもなろう。それでなくても金沢屋の後ろには旗本屋敷が控えている。そっちに鼻薬を利かせ、事件を揉み消すのは、そう難しいことでもねェだろう」

「しかし、同じようなことが二度も三度も続いては、黙っている訳にも行きやせんぜ。夫婦喧嘩をして、こんな女房はぶち殺してやりたいと思っても、実際にそんなことをする奴はおりやせん。人が人をあやめちゃならねェと、ぎりぎりのところで踏み留まるからですよ。だが、世の中には踏み留まれず、一線を越える者がおりやす。一線を越えてしまえば、次も、その次もさして頓着しなくなるでしょう。もはやそいつは単なる下手人でなく、鬼になっているんですよ」

「お前ェ、やけに下手人の気持ちがわかるじゃねェか。こいつは畏れ入る」

「旦那、こんな時にからかわねェで下せェ。殺しを働いた下手人は、旦那もいやというほど見て来たじゃござんせんか。それを思い出したらわかりそうなもんです。しかし、これほど怪しい条件が揃っているのに、それでもまだ奉行所が二の足を踏むんですかねえ」

伊三次は真顔になって不破に詰め寄った。

「もはや呑気にしておられぬな」

不破は低い声で応えた。そこへ不破の息子の龍之進が帰宅して、書物部屋へ顔を出した。

「何かありましたか」

龍之進は傍に腰を下ろし、しげしげと二人を見つめた。

「金沢屋の倅の女房が行方知れずになっておる。すでに殺されているやも知れぬ。お前ェにも、ちょいと力を借りたい」

不破は早口で龍之進に言った。龍之進は眉を上げ、それは松助から聞いておりました、と言った。

「それでお前ェは、それをどう考えた」

「最初の女房の自害の報告を改めました。それによると、最初の女房は店の物置で首を縊ったそうですが、女房の亡骸《なきがら》を発見したのは、その店の女中だそうです。慌てて首の縄を解き、床に下ろして医者を呼んだとありましたが、すでにその時は息をしていなかったようです。拙者がふと疑問を覚えたのは、最初に発見した女中のことです。たいていは動転し、悲鳴を上げて店の者を呼ぶのではないでしょうか。ところがその女中は気丈にも物置の梁《はり》にぶら下がっていた女房の縄をほどいているのですよ。どう思われますか」

龍之進は不破と伊三次を交互に見て訊く。

「若旦那、もしかして、亡骸を発見した女中は、あさという名前じゃございませんかい」

伊三次は、ふと思いついて言った。

「いかにも」

龍之進は大きく肯いた。

「ということは、その女中が金沢屋の倅に手を貸したということも考えられますかい」

「貸したというより、後始末をさせられたと拙者は考えております」

「なぜ……」

伊三次の声は聞き取れないほど低かった。

だが、伊三次はわかっていた。あさは庄助に心底惚れているのだ。いや、あさにとって、最初の男が庄助だったのかも知れない。あさは、庄助の女房になれるとは思っていなかっただろう。ただ、庄助の傍にいられるだけで満足していたのだ。庄助に頼まれたら、あさは、いやとは言えない。たとい殺しの後始末でも。伊三次は、そんな気がしてならなかった。

「あさをしょっ引きます」

龍之進の声が書物部屋に大きく響いた。

「金沢屋の倅は、すべて女中のせいにしますぜ」

伊三次はやり切れない思いで言う。

「そうはさせません！」

「………」

「行方知れずとなっている二人の女房の居所を突き留め、もしも亡骸となっていた場合、おのずと庄助の所業も明らかとなりましょう。女中のあさには、奉公している店の若お内儀を殺さなければならない理由はありませんので」

「そうですかねえ」

伊三次は歯切れ悪く言う。

「伊三、余計なことは考えるな。女中をしょっ引いて問い詰めりゃ、いずれわかることよ」

不破はいらいらした様子で声を荒らげた。

しかし、伊三次は、あさが庄助を庇うあまり、自分がすべて罪を被るのではないかという恐れを拭い切れなかった。そうなったら、庄助はお構いなしだ。また、行方知れずになっている女房が果たして殺されたのかどうかも今の段階ではわからない。亡骸でも出ていれば話は別だが。

「若旦那は行方知れずの女房が殺されているとお考えなんですかい」

伊三次は龍之進に確かめた。

「もちろん。生きていりゃ、誰かが姿を見ているはずです」

「そいじゃ、仏はどこにいるのか見当がつきやすかい」

伊三次の問い掛けに龍之進は黙った。そこまではわかっていないらしい。

「おなごが一人で仏の始末をするのは容易じゃねェ。まあ、金沢屋の倅と二人で夜中に、どこぞにこっそり運んだんだろう」

不破は思案顔して言う。

「いえ。金沢屋の倅は三番目の女房に出刃包丁で太腿を刺されたと言っておりやした。歩くのも儘《まま》ならない様子でしたから、三番目の女房についてだけ言えば、それは難しいと思いやす」

伊三次がそう言うと、不破は、本当か、と眼を光らせた。

「あさ一人では遠くへ亡骸を運べないとすれば、店か母屋のどこかに隠されていることも考えられます」

龍之進はようやく確信のある顔で言った。

「最初の女房は物置で自害したそうですね。その物置は大きいんですかい」

伊三次は龍之進に訊いた。

「さほど大きい物置ではありません。二坪ほどの小屋で、中には古い菓子の木型や、蒸籠《せいろ》などが入っています。今はさほど使っていない道具が納められているようです」

「では、店の者がその物置に入ることは滅多にないということですね」

「多分」

「仏はそこじゃねェでしょうか」

「伊三、二坪の物置にどうやって仏を隠すのよ」

不破は呑み込めない顔で訊く。

「床下がありやす」

そう言うと、不破と龍之進は顔を見合わせた。伊三次は早口で続けた。

「旦那、金沢屋の倅と女中をしょっ引きますかい。それとも先に物置を改めますかい」

「物置だ」

不破と龍之進の声が重なった。

龍之進は奉行所から助っ人を募《つの》り、翌日、金沢屋の物置の改めをするという。ようやく事件が進展しそうである。とり敢えず、伊三次は翌日の段取りを聞いて腰を上げた。

伊三次は庄助とあさが逃亡しないように通りで見張ることを命じられた。

勝手口から出る時、龍之進の妻のきいが見送ってくれた。きいは心細いような表情だった。まだ流産した悲しみが癒えていないのかと伊三次は不憫な気持ちがした。

「若奥様、笑顔、笑顔」

伊三次は悪戯っぽい表情で言った。その拍子にきいは笑顔を見せた。伊三次さんに叱られちゃった、とおどけた口調で応える。

「九兵衛の道具開きには若旦那とご一緒にいらして下せェ。九兵衛も喜びます」

「ええ。喜んで伺わせていただきます。それはいつですか」

「へい、明日の夜にすると、うちの奴が言っておりやした。急なことで申し訳ありやせん。何しろ、皆、仕事を抱えている者ばかりなんで、はっきりした日にちが決められなかったんですよ。場所もね、前田の座敷を借りようと思っていたんですが、都合が悪いらしく、むさ苦しいですが、手前の家になりやした。ですから、若奥様も気軽にお越し下せェ」

「ああ、楽しみ」

きいは眼を輝かせた。

「笹岡様の坊ちゃんにもお声を掛けるつもりですから、久しぶりに弟さんの顔も見られますよ」

「お気遣いいただいて、ありがとう存じます」

きいは嬉しそうに頭を下げた。そいじゃ、と言って、伊三次は外へ出た。不破家の庭

から も虫の音が盛んに聞こえた。もう、秋だなあと思ったが、翌日のことを考えると、身が引き締まるような気もした。どうにか金沢屋の一件が滞《とどこお》りなく運ぶことを祈るばかりだった。

四

明六《あけむ》つ（午前六時頃）の鐘が鳴って間もなく、龍之進を含めた北町奉行所の役人が四名、まだ大戸を閉《た》てていた金沢屋を訪れ、最初の女房が自害したとされる物置へ向かった。主とお内儀はもちろん、突然のことに動転した。

その物置は母屋の出入り口に通じる路地でなく、反対側の勝手口に通じる路地の先にあった。ちょうど味噌や醤油、梅干しの樽などを納めている土蔵の陰になる。店の女中達は自害のあった物置には、恐ろしがって近づかなかったという。

龍之進達が杉戸を開けて中に入ると、やけに蝿の姿が目立った。そこに蝿がたかるような物は置いていないはずなのに。

龍之進の朋輩の橋口譲之進《はしぐちじょうのしん》は独り言のように、仏さんがいるようだ、と言った。しかし、物置のあちこちを調べたが、それらしい様子はなかった。あとは床下になる。

奉行所の中間が釘抜きで床板の釘を引き抜いて開けた途端、夥《おびただ》しい蝿が一斉に舞い上がった。誰しも袖で顔を覆わなければならないほどだったという。

蝿を外へ出し、少し落ち着いたところで床下を覗くと、白骨化したものと、腐敗が進み掛けている二体の遺骸があった。それが庄助の二番目と三番目の女房だろうと龍之進は確信した。

伊三次と松助は金沢屋の表の通りを見張っていたが、庄助と女中のあさが逃亡する様子はなかった。

龍之進達はすぐさま金沢屋の主の庄左衛門《しょうざえもん》、その息子庄助、ならびに女中のあさを茅場町の大番屋に連行した。金沢屋はその日、大戸を閉てたままで、とうとう店を開けることはなかった。

庄助は案の定、あさに罪を被せ、知らぬ存ぜぬと罪を否定した。庄左衛門は終始無言だった。もはや、遺骸が見つかり、自分も庄助も大番屋にしょっ引かれたとあっては、旗本屋敷に助けを求めることもできないが、あさが罪を引き受ければ、家内不取締りで罰金刑と期間を定めた営業停止処分で済むだろうと胸の内で算段していたらしい。

吟味方同心の古川喜六《ふるかわきろく》があさの取り調べをすると、確かに自分が若奥様の亡骸を物置の床下に隠したと応えた。お前が殺したのかという問い掛けには、少し躊躇したそぶりを見せたが、やはり、はい、自分がやりましたと応えたという。

そういうことで納得する北町奉行所ではなかった。さらに取り調べを続行したが、そういう時だけ庄助はやけに頑固で口を割りそうもなかった。父親の庄左衛門はだんまりを決め込んだままだった。二人の口書《くちが》き（供述書）と爪印《つめいん》を取ることは難しい状況だった。女中のあさが自白している以上、庄助と庄左衛門をいつまでも大番屋に留め置くことはできない。ひとまず、庄助と庄左衛門は解き放ち、あさだけ大番屋の牢に収監し、翌日も取り調べを続けることとなった。

夕方から八丁堀・玉子屋新道にある伊三次の家に客がぽつぽつと集まって来た。主役の九兵衛は紋付羽織で、ぱりっとした装いだった。奥の床の間には九兵衛の台箱が紫色の覆いを掛けて鎮座している。

台箱の贈り主の松浦桂庵は妻を伴い、早くから訪れていた。台所では女中のおふさが客に出す料理を拵えるのに余念がなかった。

おふさの横で魚佐の娘のおてんが包丁を握り、平目のお造りを拵えていた。涼しげな流水の柄が入った単衣の袖を茜襷《あかねだすき》で括《くく》っている。

おふさは時々、おてんの手許を覗き込み、鮮やかなものですねえ、と感心した声を上げていた。赤飯、煮しめ、小鯛の焼いたもの、白瓜《しろうり》と鰯の酢の物、冬瓜《とうがん》と岩海苔とつみれの汁、蓮根の白和え、奈良漬と、料理茶屋顔負けの献立である。

不破といなみ、きいも顔を出したが、龍之進は少し遅れるという。金沢屋の一件で、手間どっているからだろう。

九兵衛の両親、きいの弟の笹岡小平太、伊三次の姉のお園は梅床の髪結い職人の利助を伴っていた。お園の連れ合いの十兵衛は歩くのが大儀なので留守番をするようだ。魚佐の奉公人の浜次と伝五郎は台所から中を見守っていた。座敷に上がれと勧めても、ここでいいと言って遠慮する。おふさが気を利かせて二人の前にも膳を用意した。

これほど伊三次の家に人が集まったことはなかった。皆、嬉しそうな表情をしていた。

「それではこれから九兵衛さんの道具開きを行ないます」

おふさの息子の佐登里と伊三次の娘のお吉が口上を述べた。それは本来、伊三次がすべきことだったが、伊三次はそういうことが苦手中の苦手だった。それでお吉と佐登里に頼み込んだのだ。お文は、一文にもならないお喋りは得意のくせに、肝腎な時にはだんまりになると伊三次に嫌味を言っていた。全くその通りなので、伊三次はぐうの音も出なかった。

お吉と佐登里の口上が終わると、お文は床の間に進み、台箱の覆いをするりと外した。

一同から「おお」という歓声が上がった。

根来塗りも鮮やかな新品の台箱は光り輝いて見える。

「皆様、立派な台箱ができ上がりました。これは松浦桂庵先生のご厚意によるものです。ささ、松浦先生。九兵衛の新たな門出にお言葉をひとつ頂戴しとう存じます」

お文が如才なく桂庵を促した。お文は秋草の柄の入った絽《ろ》の着物に藍色の紗《しゃ》の帯を締め、大層涼しげな装いである。抜かりなく道具開きの会を進めるところは、とても伊三次には真似ができない。九兵衛の両親は早くも涙ぐんでいた。

桂庵は九兵衛のすぐ近くに座っていたが、おもむろに立ち上がり、咳払いをひとつして「それでは甚だ僭越でございますが、ひと言、ご挨拶をさせていただきます」と口を開いた。

桂庵には高齢の母親がおり、米寿の祝いをするつもりでいたのだが、思わぬことで、その前に母親は命を落としてしまった。それについて、伊三次には大層、力になって貰った。それで何か礼をしたいと言ったが、伊三次は礼などいらぬと拒否した。自分の気持ちが済まないので、どうでも礼をさせてほしいと強く出て、根負けした伊三次が、それなら弟子の台箱を誂えてほしいと応えたのだ、と仔細を語った。

事情を知らなかった者が伊三次に感心した眼を向けたので、伊三次は恥ずかしさで身の置きどころもなかった。

「ま、ここで皆さんと顔を揃えて楽しいひと時を過ごすのは何より母への供養になると心から思っております。料理その他でお文さんやおふささん、お梶さん、魚佐のお嬢さんに大層ご面倒をお掛け致しました。本当にありがとうございます。九兵衛さんには、これをきっかけに、さらに髪結い職人の技に磨きを掛けてほしいものです。何より、こここにお集まりいただいた方々は皆、九兵衛さんの成長を喜んでおりまする。それを忘れることなく精進すれば、必ずや九兵衛さんは江戸でも指折りの、いや、日《ひ》の本《もと》一の髪結い職人になれると信じておりまする。本日は本当におめでとう存じまする」

桂庵はそう言って結んだ。

「九兵衛、お前ェも何かひと言喋ろ」

桂庵の挨拶が済むと、不破は畏まっている九兵衛に催促した。その拍子に九兵衛の顔が真っ赤になった。

「あなた、無理強《じ》いはおよしなさいまし」

いなみが小声で制した。九兵衛も伊三次と同じで改まった席での挨拶が苦手だった。

「九兵衛さん、男だろ？　ちゃんと挨拶するのが礼儀だ」

台所から腕組みして、おてんが命じた。その貫禄にも一同は感心した。九兵衛はおてんの言葉におずおずと立ち上がった。しかし、言葉を選んでいるのか、しばらく黙ったままだった。

「それッ！」

おてんが気合いを入れた。一同に苦笑が起きた。九兵衛はそんなおてんをぎらりと睨んだが、意を決して口を開いた。

「おいらは……本当に嬉しいっす。皆、いい人ばかりで、おいらは果報者です。立派な台箱をいただいたんで、これからも精進します。ありがとうございやした！」

最後はやけのように、九兵衛は声を張り上げた。割れるような拍手が起きた。

「いいぞ、よく言った」

不破も上機嫌だった。

「ささ、堅苦しいご挨拶はこれぐらいにして、皆様、何もございませんが、お酒とお料理を召し上がって下さいまし」

お文のひと声で、座敷には酒が運ばれ、皆、嬉しそうに箸をとった。

お文はお園の傍に座り、久しぶりに積もる話をして楽しそうだ。九兵衛の父親の岩次は一人一人に酌をして回った。梅床の利助にも、倅が世話になってありがとうございやすと丁寧に挨拶して、利助は面喰らっていた。だが、利助もいつもの皮肉な表情はなりを潜め、皆に交って楽しそうに見える。こういう席を設けて本当によかったと伊三次はしみじみ思っていた。

酒の酔いがほどよく回った頃、ようやく龍之進が姿を現した。九兵衛と九兵衛の両親に祝いを述べると、きいの横に腰を下ろした。

伊三次は銚子を持って龍之進の傍に行った。

「ご苦労様でございやす。大番屋のほうはいかが様で」

さり気なく事件の様子を訊いた。

「あさは口書きに爪印を押しました」

龍之進はため息交じりに応え、猪口の酒を苦い表情で飲んだ。

「さいですか。そいじゃ、あさは小伝馬町《こでんまちょう》の牢に移されるんですね」

「うむ。今夜は大番屋の牢に留め置かれ、明日の朝に移されることとなる」

「お白洲《しらす》で手前ェじゃねェと喋ることは……」

「恐らくないでしょう。あさはすっかり覚悟を決めておりますゆえ」

「さいですか。これで金沢屋の倅はお構いなしですかい」

「これが世の中なら、拙者は神も仏もないと思いました。あさが、ただ不憫です」

「……」

「おお、赤飯に鯛の尾かしらつきとは、おめでたい席にぴったりですね」

龍之進は膳の料理に眼を向けて言う。

「あさは鯛など喰ったこともないでしょうな。毎度、ひじきの煮物ばかりだと言っておりましたから」

龍之進はそう続けた。めでたい席に出ても、気持ちは下手人から離れられないらしい。無理もないことだが。

「差し入れできますかい？」

伊三次は低い声で訊いた。龍之進はつかの間、怪訝な表情になった。伊三次の言った意味が理解できなかったらしい。

「ですから、あさに差し入れをしてもよろしいかとお訊ねしているんですよ」

伊三次がそう言うと、龍之進の表情が和んだ。

「余分にあるのですか」

「もちろん」

「大番屋には古川さんが張りついています。きっと快く許してくれるはずです」

龍之進が応えると、伊三次は台所にいるおふさに赤飯と小鯛の塩焼きを折に詰めるように言った。ついでに古川喜六の分も用意させた。

それを見ていた龍之進の妻のきいは弟の小平太を呼んだ。

「小平太、お前、ご苦労だけど、うちの人の代わりに大番屋へ行っておくれ。うちの人は疲れておりますから」

「いいですけど……」

小平太は渋々応える。まだ食べている途中なのにという表情だった。

「そんな顔しないで。無実の罪を被ってお裁きを受けようとする女中さんのためよ」

きいは厳しい声で言った。龍之進と伊三次の話を聞いて、事情を察するところは、さすがだと伊三次は感心した。小平太は、はっとした表情で「わかりました」と、今度は素直に返事をした。

五

小平太は折の入った風呂敷包みを提げて間もなく出て行った。龍之進は安心したように胡坐《あぐら》をかき、おてんが拵えた平目のお造りに舌鼓を打った。

しかし、小平太はそれからなかなか戻って来なかった。大番屋に行き、戻るのが面倒になってそのまま帰ったのだろうかと伊三次は気が揉めた。

お吉はお腹がいっぱいになると佐登里と一緒に二階へ引き上げた。今夜は、佐登里は泊まることになっている。二階の伊与太の部屋で寝るのだ。

やがて、お園も利助と一緒に帰り、松浦桂庵も妻と一緒に引き上げて行った。五つ半(午後九時頃)には不破といなみが引き上げ、おてんも浜次と伝五郎とともに帰った。

後には九兵衛とその両親、龍之進ときい、それに女中のおふさが残っていた。龍之進は小平太が戻って来てから帰るつもりらしかった。

「小平太はそのまま帰ってしまったのかしら」

きいは心配そうに言った。

「黙って帰る訳はないと思うが」

龍之進も戻って来ない小平太を案じていた。

「うちの人は、今夜は早めに御用を済ませて顔を出すと言っていたのですが、何かあったのでしょうか」

おふさは松助のことを気にしていた。九兵衛はその頃になると窮屈な羽織を脱ぎ、親子で台箱のできをためつすがめつしていた。

そこへ松助に伴われた小平太がようやく戻って来た。

「坊ちゃん、ご苦労様です」

伊三次はすぐに小平太の労をねぎらった。

「遅かったじゃないか」

龍之進はいらいらした表情で言う。

「いや、これには仔細がありやして」

松助は訳知り顔で口を挟んだ。

「笹岡の坊ちゃんのお陰で、こちとら大層、助かりやした」

松助は上機嫌で続ける。

「どういうことだ」

龍之進は松助と小平太の顔を交互に見た。

小平太は普段から、あまり感情を顔に出さない少年である。しかし、その時は妙に得意そうでもあった。

小平太が赤飯と小鯛の塩焼きの差し入れを持って大番屋へ行くと、古川喜六はそうか、そうかと言って、牢にいるあさに持って行った。

小平太も一緒に牢について行った。あさは突然の差し入れにひどく驚いていたそうだ。

「それからですね、古川さんは懇々と諭したんですよ。本日は九兵衛という髪結い職人の道具開きの祝いなのだが、皆、お前が牢にいることを不憫に思い、こうして赤飯を届けてくれたのだ、ありがたいことではないかってね。世の中は捨てたものではないから、お前も今後のことをよっく考えろっておっしゃったんですよ」

小平太は大番屋でのやり取りを龍之進に語った。他の者も興味深そうに小平太の話に耳を傾けていた。あさはぽろぽろと涙をこぼしながら赤飯を頬張り、鯛の塩焼きを箸で突っついた。古川喜六はあさの表情に何事かを感じて、奉公先の若旦那を庇う気持ちはまことにあっぱれだが、お前が他人の罪を被って死んでも、何も物事は解決しない、庄助はほとぼりが冷めたら、またぞろ同じことをする、お前はこれ以上、死人《しびと》を増やしてもいいのかと、強く言ったという。

「それでどうした？」

龍之進はつッと膝を進めた。伊三次も固唾《かたず》を飲んで小平太の口許《くちもと》を見つめた。

「白状しました」

小平太は、ぶっきらぼうに応えた。ほうと皆から安堵の吐息が洩れた。喜六はすぐに爪印が押された口書きを破った。

「庄助を捕縛したのか」

それが肝腎とばかり龍之進は訊く。

「古川様は、すぐに見張りをしていた中間をあっしの所へ寄こし、それから金沢屋の倅をしょっ引いたんでさァ」

松助は小平太の代わりに応えた。

「奉行所に捕吏《ほり》を募らなかったのか」

龍之進は急展開にとまどいながら訊く。

「ドラ息子一人をしょっ引くのに、そんな大袈裟なことをしなくてもよござんすよ」

埒もないという表情で松助は応える。

「龍之進様、よろしゅうございましたね。これでめでたく一件落着でございます」

きいは晴々とした顔で言った。おふさが松助に猪口を持たせて酌をすると、松助はひと息でそれを飲んだ。ああ、うめェ酒だ、と感歎の声を上げると、皆は声を上げて笑った。

「しかし、おいら、赤飯と鯛で落ちた下手人を初めて見ましたよ。そんなこともあるんですね。まあ、この度は下手人じゃないことを白状させる目的でしたから、普通とは、ちょいと違っていましたが」

小平太は食べそびれた刺身を小皿に取りながら言った。おふさが、坊ちゃん、お刺身はまだ残っておりますから、たくさん召し上がって下さいまし、と弾んだ声で言う。

「赤のまんまに魚《とと》そえて、とはよく言ったもんでさァ」

松助は子守り唄《うた》の文句にたとえて口を挟んだ。

小平太が「なある、そうなのか」と、納得したように肯いた。

「小平太、あんた、勘違いしてる。金沢屋の女中さんは人の優しさを感じて真実を明かす気持ちになったのよ」

きいが慌てて窘めた。

「そうかな。赤飯に鯛をつけたから、あさはほだされて白状したんだろ？　松さんの言う通りだよ」

小平太は意に介するふうもなかった。困った子、ときいは眉根を寄せた。

客がすべて引き上げると、時刻は早や、深更に及んでいた。伊三次とお文は不思議に疲れを感じなかった。いい会になったと感無量だった。眠るのも忘れて、二人であれこれ話し合っている内、外が白々と明けて来た。

「ちょいとお前さん、夜が明けちまった」

お文は驚いたように言った。

「夜明かしは久しぶりだなあ。だが、今日はちょいと身体が辛《つれ》ェだろうな」

　夜が明ければ、伊三次には、また、決まり切った日常が待っている。伊三次は、それがいやではなかった。何事もない日常がありがたいと思う。それは自分が年を取ったせいだろうか。

　明日も明後日《あさって》もそうであってほしい。

　いずれこの身は朽ち果てる命と知っているが、それは明日でも明後日でもない。ずっと先のいつかだ。そう思いながら伊三次は障子に射す朝の光を見つめていた。

明日のことは知らず

一

芝神明社《しばしんめいしゃ》（飯倉《いいくら》神明社）は増上寺《ぞうじょうじ》の東にあり、天照大御神《あまてらすおおみかみ》と豊受大神《とようけのおおみかみ》を祀《まつ》っている。「関東のお伊勢様」として江戸の人々の信仰を集め、参詣客でいつも賑わっていた。

年に一度の祭礼は九月の十一日から二十一日までの十一日間にも及び、人々は「だらだら祭り」とも呼んでいる。祭礼の時には葉生姜《はしょうが》の市が立ち、参詣客はこの葉生姜を求めて帰り、家の糠床《ぬかどこ》に入れる。葉生姜は風邪の予防になるらしい。境内から石段を下りると、参道の両側には土産物、線香・蠟燭《ろうそく》、飴、焼き団子などを売る店がびっしりと軒《のき》を連ねている。

その他に菜《な》めしを食べさせる店、水茶屋、矢場《やば》などもあった。神社の参道はどこも、こうした小商《こあきな》いをする店が多いものだ。

緋毛氈《ひもうせん》を敷いた床几《しょうぎ》で客に茶を飲ませる葦簀《よしず》張《ば》りの水茶屋の前には「甘酒」と書かれ

た小さな幟《のぼり》が出ていた。朝夕は、めっきり空気が冷たくなったとはいえ、日中はまだまだ暑い日が続く。甘酒を飲む気分にはならない。ただ、幟の意匠《いしょう》がおもしろく、伊与太は手にした画帖にそっと描いた。

「歌川《うたがわ》のお兄さん、絵を描くのは後回しにして、ちょいとお茶でも飲んでお行きよ」

十八、九の茶酌女《ちゃくみむすめ》が目ざとく伊与太に気づいて声を掛けた。伊与太が歌川派の弟子であることを茶酌女はとっくに知っているらしい。

寄宿している師匠の家は神明社の近くにあるので、伊与太の顔も自然に覚えたのだろう。

「すみません。これから用事がありますので」

そう応《こた》えると、茶酌女は返事もせず、そっぽを向いた。用事はなかったけれど、高い茶代を払って茶を飲むほど伊与太の懐に余裕はない。水茶屋の客は茶を飲むより茶酌女が目当てなので、茶代も高直《こうじき》なのだ。

正月に売り出す黄表紙《きびょうし》の仕事が一段落すると、師匠の歌川豊光《とよみつ》は女房と一緒に箱根の温泉に出かけた。師匠は六十を過ぎているので、少し無理をすると肘と膝に痛みが出る。最近は老眼もとみに進んでいるようだ。ここ二、三年は正月用の仕事を終えると箱根で湯治をするようになった。二人の兄弟子と伊与太は師匠が留守のこともあり、久しぶりにのんびりした気分を味わっていた。夏の盛りは手拭いを鉢巻きにして汗どめとしながら、伊与太も背景などを入れる手伝いに追われ、ろくに寝る時間もなかった。黄表紙は夏から準備しなければ間に合わない。下絵は描いたそばから彫り師に回され、さらに摺り師へ渡ってから製本される。庶民が気楽に読み流す黄表紙も手間と時間が掛かるものだった。

師匠がいなくても家を空ける訳には行かない。夜は、兄弟子達が居酒見世《いざかみせ》や、少々、怪しげな場所に出かけるので、伊与太は日中だけ自由な時間を許されている。とはいえ、たいていは近くの神明社の境内でお参りして、並んでいる店をひやかし、眼についたものを携《たずさ》えた画帖に写生をするぐらいだった。

伊与太は水茶屋の前を通り過ぎて二軒隣りの矢場の前に立った。矢場はその界隈では一軒だけである。「若松屋《わかまつや》」という屋号の矢場には十六、七の娘が弓と矢を持って座っている。他に的《まと》が外れた矢を拾う娘もいた。酔っ払いの客は這《は》いつくばって矢を拾う娘の尻に向けて、わざと矢を射《い》ることもあった。当たったら、もちろん痛いはずだが、そこは商売で、器用に躱《かわ》している。

矢場も様子のいい娘を置いている。客の相手をする娘はお楽《らく》という名前である。本名かそうでないのかわからない。お楽はその若松屋の娘という噂である。

お楽ははなはだ愛嬌《あいきよう》に欠け、いつも仏頂面《ぶつちようづら》だった。的の下には鈴が取りつけてあるので、客が首尾よく的に当てれば、かっちり、ちりりんと鈴が鳴り、景品が貰える。外れるとお楽は目の前の太鼓を勢いよく叩く。矢場がドンカチと呼ばれるゆえんである。お楽の姿を伊与太はもう何度も描いた。

だが、笑った顔は一枚もない。伊与太はなぜか笑顔の娘より仏頂面や不機嫌な表情の娘に絵心を感じる。多分それは茜の影響だろうと内心で思っている。北町奉行所の同心の娘に生まれた茜は幼い頃より剣術をよくし、その腕を買われて、ただ今は大名屋敷へ女中奉公に出ていた。茜も滅多に笑顔を見せない娘だった。ちゃんと奉公を全《まっと》うしているだろうかと、伊与太は時々、茜のことを案じていた。

若松屋から客が一人出て行くと、他に客はいなくなった。お楽は画帖を拡げて筆を動かしている伊与太に構わず、外に出て鳩に餌《えさ》をやり出した。伊与太は短い吐息をついて画帖を閉じた。

「あたいの絵を描いてどうしようと言うのさ」

お楽は独り言のように呟《つぶや》く。多分、お楽の声を聞いたのはそれが初めてだったと思う。

「すみません。目障《めざわ》りでしたか」

伊与太は低い声で謝った。

「別にいいけどさ。浅草の奥山《おくやま》に行けば、あたいなんぞより美人の矢場女がいるよ」

浅草寺《せんそうじ》の本堂の両側にある奥山は江戸の歓楽街のひとつである。そこにも矢場が何軒かあった。

「お楽さんもきれいですよ」

そう言うと、若いくせに世辞のいいこと、と皮肉な言葉が返って来た。

「お世辞じゃありませんよ。でも、仕事がおもしろくないのかなと、いつも思っていました」

「おもしろい訳がないだろうよ。しょっちゅう、酔っ払いが下卑《げび》たことを喋ってさ、いけすかないったらありゃしないよ。だけど、うちの商売だから仕方なく手伝っているのさ。うちの婆《ばば》ァじゃ、客が引いてしまう」

「お祖母《ばあ》さん？」

「まさか、お袋だよ。いい年して皺《しわ》に白粉《おしろい》をぶち込んでさ、飲み屋をしているよ。あたいは飲み屋を手伝うか、矢場をやるかと親父に訊《き》かれて、矢場と言っただけさ」

「そうですか」

お楽の父親は手広く商売をしている男らしい。そのせいか、お楽の着物や帯、頭に飾る簪《かんざし》も並の娘達より上等に見える。

「あんた、何んでお絵師に弟子入りしたんだえ」

今日のお楽はやけに口数が多いと、伊与太は少し面喰らっていた。

「そりゃあ、絵を描くのが好きだったからですよ」

「売れっ子になる見込みはあるのかえ」

「さあ」

「この江戸に売れっ子の絵師を目指している者は、どれほどいるだろうね」

「何百人もいると思います」

「うちの的より当たりが悪いか」

「そうですね」

「それでも修業を続ける訳だ。殊勝《しゅしょう》なこって」

「おいら、まだ若いですから」

「まあ、そうだね。だけど見込みがないとわかったらどうするつもりだえ」

「実家に戻って、そうですね、奉行所の似顔絵描きでもするしかないでしょう」

「高札場《こうさつば》に貼り出す下手人の似顔絵かえ」

「ええ」

「先のことなんて誰にもわからない。あんただって、ひょんなことから運が拓《ひら》けるかも知れないよ。まあ、がんばりな」

お楽は愛想のつもりで伊与太を励ます。ちんまりと小さな顔をしている。口許《くちもと》の黒子《ほくろ》が色っぽさを醸《かも》し出しているが、本人が気がついているかどうか。恐らく気づいていないだろう。

「お楽さんは、この先、どうするつもりですか」

「あたい？　あたいは当分、矢場女さ。年増になる前にいい男がいたら嫁に行くよ。おなごの人生なんて、そんなもんさ」

「……」

「あたいを描いた絵、よかったらおくれよ。宝物にするからさ」

お楽は伊与太が自分の絵を描いているのを内心で気にしていたようだ。表向きはそんなそぶりを見せていなかったが。

「いいですよ。色を入れて仕上げたら持ってきます」

「本当かえ。楽しみにしているよ。そん時は只で矢を射らせてやるからさ」

お楽は少し上気した表情を見せた。伊与太に含み笑いが込み上げた。お楽にも人並に娘らしいところがあったのだと気づき、それが可笑《おか》しかった。

「それじゃ、また」

伊与太は一礼してその場を離れた。お楽は、ああ、またねと応え、いつもの仏頂面に戻り、鳩に餌をやるのを続けた。

伊与太は山門の鳥居を抜け、門前町をそぞろ歩いて裏通りに入った。その界隈にも気になる人がいる。

（やっぱり、今日もいた）

伊与太は独りごちた。狭い通りに二階家がある。二階の窓のところに物干し台が設《しつら》えであり、その家の女房らしいのが、洗濯を終えると、物干し台の桟《さん》に凭《もた》れて、いつも遠くを眺めていた。伊与太がその家を通る度、決まってその姿を見る。心持ち顎を上げているので、白い喉が露《あら》わになっている。その喉も色っぽいと感じる。全体、伊与太が女の色気を感じるのは他の絵師と少し違うようだ。

兄弟子達は、おかしな野郎だと伊与太を笑う。口答えはせず、えへへと照れ笑いしてお茶を濁しているが、伊与太は内心で胸の膨《ふく》らみや隠しどころばかりに眼を注ぐ兄弟子達の気持ちこそわからないと思っている。

師匠は伊与太の気持ちに気づいてくれているようで、お前の絵には他の絵師にはないものがある、それを大事にしなさいと言ってくれた。

二階家の女房は北の方角に眼を向けている。その窓が北向きにあるせいもあろうが、それにしても東や西の方角を見ていることはなかった。女房の視線の先に何があるのだろうか。

実家が恋しいのだろうか。女房の姿に気づいてから三か月も経《た》つが、未《いま》だにその理由がわからなかった。そう言えば名前も知らなかった。だが、その女房の絵も何枚か描いている。

気づかれないように少し先の仕舞屋《しもたや》の軒下に身を隠し、急いで筆を走らせるのだ。その女房にとって、物干し台から遠くを眺める時だけが一人になれる時間なのかも知れない。

天気のよい時はなつめ形の眼が眩《まぶ》しそうに細められる。女房の表情は寂しそうでも、悲しそうでもない。強《し》いて言えば、何も彼《か》も諦めたような感じに思える。そんな表情を、女房は恐らく亭主にも一緒に暮らす家族にも見せていないはずだ。女房にはどんな事情があるのだろうか。伊与太は二階家の前を通る度に考えていた。

二

師匠の家の女中は晩めしの用意をすると、さっさと近くにある自分の家に戻ってしまう。

女中は亭主と五歳になる娘がいるので、住み込みではなく通いだった。師匠夫婦がいないので、帰る時刻も近頃は早めである。

晩めしは朝に炊いためしの残りに野菜の煮つけ、それに漬け物だった。汁はついたり、つかなかったりするが、師匠夫婦が出かけてからは全く汁なしだった。

二人の兄弟子は晩めしを食べ終えると、いつも出かけてしまうのだが、その夜、福次《ふくじ》という兄弟子だけは家に残っていた。

伊与太は二人よりもずっと年下なので、晩めしの後は使った食器を洗い、布巾で拭《ふ》いて箱膳に収めなければならなかった。

後片づけをして茶の間に行くと、福次がつまらなそうに読本《よみほん》を開いていた。

「今夜は出かけないんですか」

伊与太がそう訊くと、文《もん》なしだァな、と薄く笑って応える。兄弟子と言っても、一本立ちするまでは師匠から貰う小遣いも雀の涙である。福次は早々に遣い果たしてしまったらしい。

「美濃吉《みのきち》兄さんは懐にまだ余裕があるってことですか」

伊与太はもう一人の兄弟子のことを言った。

「なあに。あいつは一膳めし屋の娘に惚れられてよう、貢《みつ》がせているのよ」

「一本立ちになったら所帯を持つんですかね」

「んな訳ねェだろう。板元《ばんもと》から仕事が回って来るようになったら、贔屓《ひいき》もつき、先生、先生とおだてられ、今日は吉原、明日は深川と遊べるようになるんだ。そうなったらお前《め》ェ、おなごなんざ、よりどりみどりよ。小汚《こぎた》ねェ一膳めし屋の娘のことに頓着《とんちゃく》している暇はありゃしねェ」

福次は皮肉に吐き捨てた。美濃吉は細身で様子がいい。顔も男前の部類に入るだろう。一膳めし屋の娘が夢中になる理由もわかるというものだ。それに比べて福次は四角い顔で、眼も細い。胡坐《あぐら》をかいた鼻には愛嬌もあるが、娘達が気にするようなご面相ではなかった。

「福次兄さんには、そんな人はいないんですか」

「手前ェ、からかうのもてェげェにしろよ。そんな洒落《しやれ》た者がいたら、師匠の留守にぼんやりしているもんか」

「でも、福次兄さんがいいという娘もきっと現れると思いますよ。ただし、真面目にしていればの話ですけど」

「生意気を言う。いいか、この世の中、真面目な奴ほど損をしているんだ。おれは損をするのがいっち、嫌《きれ》ェだ」

「そんなもんですかねえ」

　伊与太は当たり障りなく応える。変に口を返してはどんな悪態《あくたい》をつかれるか知れたものではない。伊与太も最近は、その辺りはうまく立ち回るようになった。

「先生はそろそろ、おれと美濃吉を一本立ちさせようと考えているらしい。板元に話をしているのを、ちょいと小耳に挟《はさ》んだんだ」

「へえ、すごいですね」

「最初は内職に毛の生えたもんばかりだ。菓子屋の半切《はんせつ》（広告）だの、おもちゃ屋の凧《たこ》絵だのよ。だが、肝腎なのはおれ達に仕事を回してくれる板元の大きさによる。でかい板元は当然手間賃が高けェし、仕事も切れねェ。ところが、ようやく商売をしているような板元は、駆け出しの絵師にゃ、満足に仕事を回す余裕がねェ。要は先生が口を利く板元によっておれ達の運も決まるのよ」

「なるほど」

「だからな、お前ェも先生に可愛がられて、いい目を見なくちゃいけねェよ」

「わかりました」

「ところで、今日も外で写生して来たのけェ？」

福次は話題を変えるように訊いた。

「ええ、まあ」

「ちょいと見せてみな」

「恥ずかしいですから、勘弁して下さいよ。おいらが気儘《きまま》に描いているだけなんですから」

「いいから、見せろって」

福次は強引だった。暇潰しに伊与太の絵を見てからかう魂胆なのだろう。兄弟子には逆らえない。伊与太は渋々、自分の部屋に画帖を取りに行って、福次に見せた。

「うまく描いているじゃねェか」

福次はぱらぱらと画帖をめくって、そんなことを言った。

「そうですかねえ」

「お、こいつは若松屋の娘だな。お前ェが描くとふたつ、みっつ年上に見えるぜ。それに実物より色っぽいわな」

「お楽さんは結構、色っぽいですよ。本人がそれに気づいていないところがいいと思っています。色を入れたらほしいと言われました」

「見返りは何よ」

福次はすかさず訊く。

「見返りって……」

福次の言うことがすぐには呑み込めなかった。

「蕎麦を奢《おご》るとか、母親が飲み屋をしているから飲ませるとかだよ」

ああ、そのことかと伊与太は合点がいった。

「只で矢を射らせてくれるそうです」

「たはッ」

福次は愉快そうに妙な声を上げて笑った。

福次は画帖をめくり、二階家の女房に眼を留めた。

「このおなごは？」

「名前は知りません。いつも物干し台から遠くを眺めているんですよ」

「佃煮屋の若お内儀《かみ》じゃねェかな。場所はどこよ」

「神明通りの一本裏道に入った所ですよ。浜松町になるんですかね」

「間違いねェ。野崎屋《のざきや》の若お内儀だ」

福次はきっぱりと言った。若お内儀のおけいは三年前、仲人の勧めで野崎屋の息子の栄吉《えいきち》と祝言《しゅうげん》を挙げた。おけいは深川の魚屋の娘だという。家にいる時から父親や兄の手伝いをして感心な娘だった。近所の評判も申し分なかった。仲人はそんなおけいを気に入って野崎屋に話を持って行ったらしい。

栄吉の両親も大喜びで、その縁談はとんとん拍子に進んだ。だが、栄吉には十年越しのつき合いになる女がいた。両親もそのことは知っていたが、見て見ぬ振りをしていたのだ。

祝言を挙げて半年ほど経った頃から栄吉は家を空けるようになり、三年過ぎた今は、ほとんど家に寄りつかないという。たまに戻った時は金の無心で、栄吉の両親はほとほと手を焼いていた。こういうことが続けばおけいが可哀想だと、栄吉の両親はおけいに実家へ戻ることを勧めたが、おけいは、きっと今に眼が覚めて、うちの人は戻って来ると言って承知しなかったらしい。

「気の毒な人ですね」

伊与太はようやく物干し台から遠くを眺めていたおけいの何んとも言えない表情に納得が行った。

「あの若お内儀はおとなしそうに見えるが、気性が結構激しくてよ、若旦那の相手の女の所に行って暴れたんだと」

　福次は伊与太の気を惹《ひ》くように言った。

「暴れた？」

「おうよ。相手の女の髪を摑んで引き摺り回し、それでも足りずに住んでいた家の中のもんを手当たり次第に投げつけ、ほ、戸棚の皿小鉢も皆、叩き割ったそうだぜ」

「すごいですね」

「だがよ、そんなことをしたって、男の心は摑めねェわな。若旦那はますます意地になり、若お内儀と離縁して、相手の女と一緒になると言っているらしい。相手は五つも年上の後家だがよ。若旦那の親もそうするしかないと覚悟を決めたそうだが、肝腎の若お内儀が」

「承知しないのですね」

「ああ。この先、どうなるんだか、他人事《ひとごと》ながら気になっている」

　伊与太は福次の言葉に深いため息をついた。

　おけいは嫁入りする時、亭主となる男に女がいたとは夢にも思っていなかっただろう。また、栄吉の両親もおけいと一緒になれば息子が相手の女と別れるものと思っていたに違いない。

しかし、そうはならなかった。栄吉は新妻よりも長年なじんだ女の所が居心地がよかったらしい。福次と同様、この先どうなるのか伊与太は気になって仕方がなかった。

美濃吉はその夜、かなり遅くなってから帰宅した。鼻唄交じりに床に就《つ》く美濃吉に、あんたも気をつけたほうがいいですよ、と伊与太は言ってやりたかった。言えるはずもなかったが。

それから十日ほどして、おけいが物干し台から落ちて、地面に強く頭を打ちつけ、気を失うという事件が起こった。

物干し台のある路地は人通りの少ない場所だったので、倒れているおけいに、すぐに気がつく人もいなかったのが不運だった。

伊与太もその日は愛宕山《あたごやま》の方に行っていたので、事件のことは知らなかった。ようやく通り掛かった人が野崎屋に知らせ、奉公人達がおけいを家の中に運び、医者を呼びに行って大騒ぎとなったらしい。

おけいは意識を取り戻さないまま、三日後に亡くなった。伊与太はその話を福次から聞いた。伊与太が座敷の掃除をし、縁側を雑巾掛けしている時に福次が寝間着のまま出て来て教えてくれたのだ。すぐには信じられなかった。

「野崎屋の若お内儀さんは本当に死んだのですか」

「ああ、美濃吉がゆんべ、そんなことを言っていた。一膳めし屋の娘にでも聞いたんだろう」

美濃吉は師匠がいないのを幸いに朝寝を決め込んでいる。

「しかし、邪魔な若お内儀がいなくなって、野崎屋は内心でほっとしているだろうな」

福次は野放図な欠伸《あくび》を洩らしながら言う。

伊与太は雑巾を濯《すす》ぎ、きつく絞り上げると、桶の水を庭に振り撒《ま》いた。

「何考えている」

黙り込んだ伊与太の表情を窺うように福次は訊く。

「別に……」

「お前ェは若お内儀が誰かに突き落とされたんじゃねェかと思っているんじゃねェのかい」

福次は伊与太の胸の内を読んでいるかのように言う。

「違うんですか」

伊与太はまっすぐに福次を見た。にやけている。人が死んだのがそんなにおもしろいんですかと、危うく口から言葉が出るところだった。

だが福次は「違うんだなあ、これが」と、あっさり応えた。

「最初はおれもそう考えたぜ。若お内儀がいなくなれば、野崎屋は面倒がひとつ片づくからな。だがよ、物干し台から突き落としたからって、人が都合よく死ぬとは限らねェ。せいぜい、足の骨を折るぐらいが関の山だろう。お前ェだって、物干し台から地べたまでの長さを考えたらわかりそうなものだ」

「それはそうですけど、最初に玄能《げんのう》(金槌)か何かで若お内儀さんの頭を殴り、それから突き落としたとしたら……若お内儀さんは頭を打っていたのでしょう？」

「若旦那がやったってか？」

「いえ、そこまでは言ってませんよ」

「若旦那はその日、野崎屋にはいなかった。例のおなごの所に居続けていたのよ」

「でも、誰かが代わりにやることも考えられますよ。若お内儀さんが物干し台から外を眺めていたのに気づいていた人もいると思います」

「お前ェが心配しなくても、土地の親分はちゃんと調べを進めているよ。野崎屋の若旦那と若お内儀がうまく行っていないのは噂になっていたからな。親分は若旦那を自身番に引っ張って話を聞いているはずだ」

「……」

「若旦那はこれで大手を振って相手のおなごを家に入れるだろうよ。貧乏籤《くじ》を引いたのは若お内儀よ。可哀想になあ」

福次は、ようやくおけいに同情を寄せる言葉を言った。

「ごはんができましたよう」

台所から女中の声が聞こえた。

「やれやれ、今朝も納豆めしを喰わなきゃならねェか」

福次はぶつぶつ言いながら、顔を洗うために井戸へ向かった。

三

伊与太は朝めしを食べ終えると、神明町と浜松町の辻にある自身番へ向かった。栄吉がしょっ引《ぴ》かれて、きつい取り調べを受けていることを期待していた。しかし、自身番に土地の岡っ引きの姿はなく、町《ちよう》役人らしい四十がらみの男が竹箒《たけぼうき》で自身番の前を掃除していた。

「野崎屋さんの取り調べは終わったんですか」

伊与太は男に訊いてみた。

「ん？　何んだって」

「ですから、野崎屋さんの若お内儀が物干し台から落ちて、亡くなったことですよ」

男は、それがあんたに何んの関係があるのか、とは言わなかった。存外、人柄のよさそうな男だったので伊与太は助かった。

「おけいさんは気の毒なことだったねえ。どうして物干し台から落ちてしまったものか。大旦那と若旦那は昨日、ここへ来て、親分に色々訊かれていたようだが、すぐに店に戻ったよ」

「何んのお咎《とが》めもなしですか」

「どうしてお咎めがあるんだね」

男はそこでようやく伊与太に不審を覚えたらしい。あんたはどこの人だね、と訊いた。

「わたしは歌川豊光先生の弟子です。時々、裏の路地を通ると、若お内儀さんが物干し台から、ぼんやり遠くを眺めていましたので気になっていたんですよ」

「そうかい。豊光先生のお弟子さんかい。おけいさんが亡くなったのは誰のせいでもないんだよ。本人の不注意だよ」

男は伊与太をあやすように言った。伊与太は一礼してその場を離れると、物干し台のある路地へ向かった。おけいが落ちた現場を確かめたかった。

路地に入ると玄能の音が聞こえた。

大工が物干し台の桟を直していた。手元《てもと》（大工の見習い）らしい若者も下で見守っている。手元は伊与太より幾つか年上に見えた。

「物干し台が壊れていたんですか」

伊与太は紺の半纏《はんてん》姿の手元にさり気なく訊いた。手元は真っ黒に陽灼《ひや》けしていたので、口許から覗いた歯がやけに白く見える。

「古くなっていたからね、台の羽目板《はめいた》も腐っていたんだよ。若お内儀さんは羽目板の腐ったところに足を突っ込んで、つんのめった拍子に落ちたらしいよ」

手元は伊与太を年下と見て、気軽な口を利いた。

「そうなんですか」

「普通は考えられねェけど、人は思わぬところで怪我をしたり、おっ死《ち》ぬこともあるからよ。うちの祖母ちゃんなんて、敷いていた座蒲団に躓《つまず》いて足の骨を折ったんだぜ」

「だけど野崎屋の若お内儀さんは年寄りでもなかったのに」

「物干し台の桟も釘が甘くなって、だわだわしていたわな。若お内儀さんも運の悪いお人よ」

手元はため息交じりに応えた。

「ぺちゃくちゃ、下らねェことを喋っているんじゃねェよ。ここに上がって、脇を支えろ」

大工の罵声が飛んだ。手元は慌てて梯子《はしご》を上った。

もはや、おけいの死に疑いの持ちようがなかった。おけいは事故で死んだのだ。伊与太もそう了簡《りょうけん》するよりほかはなかった。

野崎屋は大工が入った翌日にようやく葬儀を営み、その日、店は開かなかった。

若松屋のお楽の絵は画仙紙《がせんし》に写し、丁寧に彩色した。でき上がった絵を丸め、伊与太はいそいそと若松屋に持って行った。

もちろん、お楽は大喜びして、何度も頭を下げた。絵は表装して店に飾るのだと張り切っていた。そのまま帰ろうとすると、約束だから矢を射ってお行きよ、と弓と矢の入った箱を渡された。

矢を射ったことはなかった。要領がわからず困っていると、お楽は伊与太の手に自分の手を添えて指南してくれた。

最初の何本かは的にも届かなかったが、十本も射った頃に、ようやく的がかっちり、ちりりんと鈴を鳴らした。

「その調子だよ」

お楽は景気をつけた。無邪気に喜ぶ伊与太を見て、矢を拾う娘も、こういう客ばかりだとあたいらも気楽に仕事ができるのだけど、と世辞を言った。

伊与太は俄然おもしろくなって、どんどん矢を射った。

その時、甲高い女の声が響き、二人連れの客が入って来た。

「まあ、野崎屋の若旦那。お久しぶりですね」

矢を拾う娘が愛想のいい声で迎える。伊与太はぎょっとして男を見た。樺《かば》色の着物に対《つい》の羽織を重ねた男が伊与太の隣りで弓を引き寄せた。年の頃、二十七、八の、のっぺりした顔の男である。

「栄さん、的に当てられる？」

傍で自分の年を隠すためにわざと厚化粧をしている女が鼻声で訊く。

「うまいんだぜ、おれ」

栄吉は得意そうに応え、ひゅんと弓を引く。

矢は的の中心に命中して鈴が鳴った。

「栄さん、お上手」

女は手を叩いて大袈裟に褒《ほ》め上げる。二人のやり取りを聞いている内、伊与太は次第に不愉快になってきた。おけいが死んだばかりだというのにいい気なもんだと腹も立っていた。

「お楽さん、悪いが、もう引けますよ」

伊与太はお楽にそう言った。

「まだ、矢が残っているよ。もったいないから、やっておしまいよ」

「いや、気が散ってできないですから」

何気なく言ったつもりだったが、栄吉はぎらりと伊与太を睨《にら》んだ。

「おれ達がいちゃ、気が散るって？」

「いえ、そう言う訳では」

「お前さん、今、そう言ったろうが。何が気が散るのか、とくと聞かしてくんな」

栄吉の眼は三角になっていた。

「若旦那、落ち着いて下さいまし。こちらのお客様は、矢場で遊ぶのは初めてなんですよ。どうぞご勘弁を」

矢を拾う娘が慌てていなす。お楽の顔は真っ青だった。

栄吉は伊与太の襟を摑み、拳《こぶし》で殴り掛かった。伊与太は尻餅をついた。その拍子に懐から画帖が飛び出し、間の悪いことにおけいを描いた絵が剝き出された。

栄吉はそれを見て怒りを搔き立てた。

「手前ェ、うちの女房に岡惚《おかぼ》れしていたな。小僧のくせに生意気な」

店の若い者が仲裁に入るまで、栄吉は加減もなく伊与太を殴り続けた。伊与太は栄吉に殴られながら、おけいを殺したのは、こいつだと思っていた。直接手を下さなくても、栄吉の後先《あとさき》を考えない性分が、おけいを死に追いやったのだ。そう思わなければ伊与太の気持ちは済まなかった。

ようやく栄吉から解放されると、伊与太は画帖を抱えて店を飛び出し、一目散に走った。お楽が後ろで何か言っていたようだが、全く聞こえなかった。顔が熱い。伊与太は走りながら、自分が情けなくて涙がこぼれた。

（お嬢、笑ってくれ。おいら、またドジを踏んじまった。何んでこんなことになるのか、さっぱりわからない。おいら、悪いことはひとつもしていない。お嬢、おいら、どうすればよかったのよ。教えてくれ、お嬢！）

伊与太は遠く離れた茜に胸の中で叫んでいた。

伊与太の声が聞こえたような気がした。空耳とわかっていても、茜はそっと辺りを見回した。

茜の眼に入ったのは池に渡した小さな橋の上から鯉に麩《ふ》を与える嫡子松前良昌《まつまえよしまさ》の姿ばかりである。良昌は十四歳であるが、成長が遅く、実際の年齢より、ふたつ、みっつ年下に見える。何んでも月足らずで生まれ、これまで何度も生死をさまよう病《やまい》に罹《かか》ったせいだという。その腕も、その脛《すね》も信じられないほど細い。激しい運動も御典医《ごてんい》に止められていた。

下谷《したや》・新寺町《しんてらまち》の蝦夷《えぞ》・松前藩の江戸藩邸に奉公する茜は近頃、目の前の良昌の相手をすることが多い。午前中に藩の儒者《じゅしゃ》が良昌に論語の手ほどきをする時も、そっと後ろに控えているし、半刻《はんとき》（約一時間）後に儒者と良昌に茶を運ぶのも茜の役目である。

良昌付きの近習《きんじゅう》が熱を出してお務めができなかった時、長局《ながつぼね》の老女藤崎《ふじさき》は、本日は若君のお相手をするようにと命じたことがあった。さして愛想をした覚えはないのだが、その日以後、刑部《ぎょうぶ》を呼べと、良昌からのお呼びが続いている。茜は、藩内では不破刑部という名でお務めに就いていた。警護が主たる奥女中は男名前にするのがもっぱらであった。恰好も縹色《はなだ》(薄い藍色)の小袖に麻裃《あさがみしも》というものだった。むろん、頭も若衆髷《わかしゅわげ》にしている。

松前藩の江戸藩邸は最初、浅草の誓願寺《せいがんじ》前にあったという。それが天和三年(一六八三)に浅草観音前に千二百坪の敷地を与えられた。

しかし、元禄十一年(一六九八)に火災に遭い、谷蔵《やのくら》に移ることとなる。正徳五年(一七一五)に幕臣細井佐治右衛門《ほそいさじえもん》と敷地の交換をして、今の下谷・新寺町に落ち着いた。

その敷地も千二百坪ほどだから、大名屋敷としては、さほど広いほうではないだろう。藩邸は家臣達が寝起きする御長屋《おながや》で周りを囲まれている。藩邸の庭もさほど広くはないが、それでも松や楓《かえで》の樹《き》はもちろん、四季折々の花が季節の移ろいを感じさせる。庭の池には緋鯉《ひごい》や真鯉《まごい》を放し、良昌は餌の麩をやるのを楽しみにしている。庭の散策が良昌にとって唯一の運動の機会である。茜は良昌に剣術を指南したいと思っているが、今はまだ無理のようだ。良昌の覚つかない足取りは年寄りのようだった。

「若様、足許にお気をつけあそばせ。池に嵌《はま》っては大変でございまする」

茜ははらはらしながら注意を与えた。良昌の大きな口から、並びの悪い歯が覗いた。

「わしは池に嵌るような愚かな真似はせぬ」

良昌の声はすばらしい。よく響く低音である。声を褒めると、わしの長所は声だけかと憎まれ口を叩く。そういうところだけは生意気盛りの十四歳である。

「鯉はいいのう。餌のことばかり考えておればよいのだから」

良昌は独り言のように呟いた。

「今度生まれて来る時、わしは鯉になろう」

「お戯《たわむ》れを」

茜は低い声で言った。

「刑部は生まれ変われるとしたら何がいい」

「わたくしは、やはり人間に生まれとう存じまする」

「そなたは町方役人の家に生まれたそうじゃな」

「さようでございまする。父も兄も同心、祖父も同様でございました」

「母方も町方役人か」

「いいえ。母方の祖父は町道場を開き、剣術を指南しておりました」

「さようか。それで刑部は剣術の腕があるのだな」

「腕はさほどないと存じまする。所詮《しょせん》、おなごでありますれば」

「男には敵《かな》わぬか」

「おっしゃる通りでございまする」

そう言うと、良昌は愉快そうに笑った。

「されば、再び人間に生まれ変わった時、刑部は男になりたいか」

「さて、それは」

茜は小首を傾《かし》げた。

「おなごでもよいと思うのか」

「刑部はおなごとして十七年を生きて参りましたので、男として生まれたほうがよかったかどうかはわかりませぬ」

「刑部は変わっておる。金之丞《きんのじょう》も馬之介《うまのすけ》も今度生まれる時は男がよいと言うたぞ」

良昌は茜の朋輩《ほうばい》の女中のことを言った。

「人それぞれに考えが違うものでございますから、お二人がそのようにおっしゃいましたのなら、それはそれでよろしいかと存じまする」

「そうか、刑部は今度もおなごでよいのか。ちなみにおなごは男と比べて何がよい」

生まれ変わってもおなごがいいと言った覚えはないのだが、良昌は勝手に決めつけているようだ。それに敢えて逆らわない。相手は藩主の嫡子である。

「子供を産むことでしょうか。それは男にはできないことでございまする」

「刑部もいつかは子を産むのか」

「本日の若様は、少々、意地悪だと存じまする。刑部を困らせる問い掛けばかりをなさいまする」

「許せ。わしは刑部には何んでも気儘に言えるのじゃ。だから、思うところを口に出したまでのこと。深く考えずともよい」

「畏《おそ》れ入りまする」

「わしも男に生まれていやじゃとは思わぬが、せめてもう少し壮健でいたい。さすれば上様にお目通りが叶い、蝦夷・松前藩の跡目としてお認めいただくことができるものを」

良昌は弱い身体のために未だ将軍家斉《いえなり》公にお目通りを許されていなかった。お目通りそのものに問題はないのだが、家斉公から呼び出されるまで詰め席の柳の間で長いこと待機できそうになかった。良昌はすぐに貧血を起こしてしまう。

「そのためには御膳をたくさん召し上がって下さいませ。壮健なお身体はお食事から作られまする」

「そうだのう。したがわしは食べられる物が限られるので往生しておる」

「苦手なお食事でも、まずはひと口、箸《はし》をおつけになり、翌日はもうひと口と徐々に増やしてゆけばよろしいかと存じまする」

「刑部はよいことを言うのう。わしの実の姉のようじゃ。おお、風が出て来たの。部屋に戻り、そなたの立てた茶が飲みたい」

「承知致しました」

「刑部、茶の湯の稽古はどうじゃ？」

「お蔭様で何んとか励んでおりまする」

「そなたは最初の稽古の時、棗《なつめ》の蓋《ふた》を取った途端、抹茶を盛大に畳へ振り撒いたそうじゃな」

良昌はふと思い出して悪戯《いたずら》っぽい表情で言う。茜の顔が恥ずかしさで赤くなった。

「振り撒きは致しませぬ。わたくしの勢いがよかったせいで、お抹茶をいささかこぼしてしまっただけでございまする」

茜は少しむっとして言い訳した。

「怒るな。わしはそんな刑部が好きじゃ。そなたが何をしようと、わしは笑って許せる気が致す」

「なぜそのように刑部を庇《かば》うのでございましょう。若様のお心がわかりませぬ」

「そなたは嘘も隠れもない。はっきりとものを言う。そこが信用できるのじゃ。よいか刑部、何があっても、たといそれがわしに不利なことだとしても真実を明かせ」

「はッ」

「誓えるか」

「誓いまする」

茜はきっぱりと応えた。良昌は満足そうに肯《うなず》いた。風が庭の木々を揺らす。雲も出て来たようだ。御殿の中に促しながら、茜は良昌に誓うといった言葉にこだわっていた。場合によっては約束を破りそうに思え、それが自分でも不安だった。

良昌には弟が二人、妹が三人いる。すべて異母きょうだいで、良昌の母親は良昌を産むと産後の肥立《ひだ》ちが悪く、半年後に亡くなっている。公家の出身の母親だと聞いている。以後、藩主松前道昌《みちまさ》は正室を持たず、側室が良昌のきょうだいを産んだ。

次男の章昌《あきまさ》は身体こそ丈夫であるが、すこぶるつきの引っ込み思案で、人前に出るのが苦手な少年だった。近頃、側室お愛《あい》の方《かた》は、五歳になる勝昌《かつまさ》を次期藩主にしようと画策している。章昌は藩主の器でないし、良昌は問題外。早々に二人を隠居させせようとしていた。

多分、良昌の世話を終えて長局に戻った時、茜はお愛の方に呼び出され、あれこれ訊《たず》ねられるだろう。少しでも良昌の不利になるようなことを言えば、これ幸いとお愛の方は話を大きくして良昌を隠居に追い込む理由にするのだ。特に藩主が国許にいる今は、お愛の方のやり方は露骨だった。滅多なことは言えない。

困ったことに老女藤崎は、このお愛の方の信頼が篤《あつ》く、次期藩主が勝昌になることにも賛成のようだ。茜は立場上、良昌にもお愛の方にも味方する訳に行かず、途方に暮れていた。

四

良昌の食事の世話をしてから茜はようやく長局にある自分の部屋に戻った。朋輩の女中達はすでに食事を終えたという。茜は台所へ行って、板の間にぽつんと置かれた膳の前に座り、箸を取った。

御半下《おはした》(最下級の女中)のさの路《じ》が温めた吸い物と茶を運んで来て、不破様、お務めご苦労様にございます、と労をねぎらった。

さの路は幕府の小普請組方手代《こぶしんぐみかたてだい》を父に持つ十八歳の娘である。年は茜よりひとつ上だが、務め柄、茜には礼を尽くしたもの言いをする。

「明日は湯殿のご用意を致しますので、御用を終えましたらお早めにお戻り下さいまし」

さの路は茜の気持ちを引き立てるように笑顔で言った。

「かたじけない」

夕飯には鰈《かれい》の煮付けと青菜のお浸《ひた》し、昆布の煮物がついていた。お国柄なのか食事のお菜に昆布やわかめが載ることが多かった。味つけもよく、いつもおいしく食べられるのがありがたい。ただ、時々、実家で女中のおたつが作る煮物や母親の糠漬けを恋しく思うことはあった。

　食事をしていると、お愛の方の側仕《そばづか》えが台所に現れ「刑部殿、お食事を済ませたら、お方様のお部屋にお越し下され」と、にこりともせずに言った。

「承知致しました」

「お早くなされよ。お方様は気短《きみじか》であらせますゆえ」

　側仕えが去ると、茜は飯茶碗に茶を掛け、さらさらと流し込んだ。

「ごゆっくりお食事もできませんね」

　さの路は気の毒そうに言う。

「お務めでございますから」

　茜はあっさりと応え、ご馳走様でしたと礼を述べて腰を上げた。

　長局の廊下は長い――茜はそんなばかばかしい言葉を呟いて、腿《もも》に両手を添え、摺り足でお愛の方の部屋へ急いだ。藩邸内ではいつものように、心持ち前屈《まえかが》みで移動しなければならない。奉公に上がった当初、茜が背筋を伸ばし、胸を張って歩いていたら、家臣達に何をそのように、そっくり返っておると嫌味を言われたものだ。
　お愛の方の部屋に近づくにつれ、子供の甲高い声が聞こえた。勝昌が側仕えにあやされながら遊んでいるのだろう。日中は庭を眺められる廊下も、早々に雨戸を閉《た》て、常夜灯が廊下の板の間を鈍く光らせていた。

「不破刑部にございまする」

障子の外で正座して中へ声を掛けた。静かに障子が開き、お愛の方が上座で寛《くつろ》いでいる姿が眼に入った。部屋の中央には勝昌が木馬に跨《またが》り、乗馬をしている気分になっている。

切り下げ髪に紺の着物、羽織、黒の袴を着ている勝昌は大層可愛らしかったが、茜は子供が嫌いだった。特に勝昌が癇癪《かんしゃく》を起こして奇声を上げる時など、誰もいなかったら、ひっぱたきたい気持ちになる。

「傍に参りゃ」

お愛の方は驕慢なもの言いで茜に命じた。

拳でにじり寄ると、お愛の方は脇息《きょうそく》を引き寄せ、それに凭れるような恰好になった。すかさず側仕えの一人がお愛の方の肩を揉み始めた。

「本日は良昌殿とお庭を散策したそうな」

眠そうな声でお愛の方は訊く。色白だが、一重瞼の眼はきつい。殿はどこが気に入ってこの女を寵愛するのかと思う。お愛の方は藩の小納戸《こなんど》役を仰せつかる平塚孫右衛門《ひらつかまごえもん》の娘である。平塚家はお愛の方のお蔭でかなり禄《ろく》を加増されたらしい。

「若様は池の鯉に麩を与えるのを楽しみにしておられまする」

「笑止な」

お愛の方はそう言って、持っていた扇子で脇息の台を打った。

「他に何を話した。包み隠さず申すがよい」

「特に申し上げるようなことはございませぬ。生まれ変わったら鯉になりたいなどと、埒《らち》もないことばかりでございまする」

「池の鯉に生まれ変わりたい？　良昌殿は、しかとそのようにおっしゃったのか」

そら来た。茜は身構えた。その話もすべきではなかったと、すぐに後悔した。

「お望み通り、池の鯉に生まれ変わっていただきましょうか」

お愛の方は愉快そうに声を上げて笑う。四人の側仕えも愛想をするように笑った。茜はそっと唇を噛んだ。

「良昌殿は殿の跡目を継ぐ所存であろうか」

お愛の方は茜の表情を窺いながら訊く。

「そのようなお話はなされておりませぬ」

「では、何を長いことお庭で話をしておったのじゃ」

お愛の方は、そっと様子を窺っていたらしい。

「わたくしの実家のことなどを訊ねられました」

「そなたの実家？」

「はッ。町方役人を承っておりますゆえ」

「不浄役人の出か」

貶《おとし》めるような言葉に茜の胆《きも》が冷えた。奉行所の与力・同心は庶民が起こす様々な事件を扱うので、一部の武士から不浄役人と言われることもある。しかし、面と向かってそう言われたのは、茜は初めてだった。

「もうよい。つまらぬ話はたくさんじゃ。下がりゃ」

お愛の方はにべもなく言って茜を追い払った。お愛の方の部屋を出ると、思わずため息が出た。今まで茜の神経を逆撫でするような人間は何人もいたが、お愛の方ほどではなかった。いや、お愛の方に比べたら誰しも取るに足りぬ者ばかりだった。側仕えの女中達も内心では腹に据《す》えかねることがあるだろう。皆、じっと我慢しているのだ。そして、お愛の方の機嫌を損ねないように振る舞っている。お愛の方が良昌や章昌の悪口を並べ立てれば、ご無理ごもっともと相槌《あいづち》を打つ。それがわが身のためでもあるからだ。

宮仕えとは、おうおうにしてそうしたものなのだ。茜は自分も女中奉公に上がって、初めてそれがわかった。茜は父の不破友之進も、兄の龍之進も様々な苦労を強いられているのだと気づいた。それは単に同心という仕事に限らず、上司や同僚との人間関係をも意味した。実はその人間関係が世の中で一番難しい問題であるのかも知れない。

自分の部屋に戻ると、朋輩の長峰《ながみね》金之丞と佐橋《さはし》馬之介が茜を待っていた。

「ご苦労様でございます」

十九歳の長峰金之丞は三人の中で年長でもあるので何かと気を遣ってくれる。松前藩の馬廻《うままわ》りを務める長峰隼之助《はやのすけ》の娘で薙刀《なぎなた》の名手である。佐橋馬之介は幕府の寄合医師・佐橋尚庵《しょうあん》の娘だった。こちらは茜と同様、幼い頃から剣術の稽古に励んでいた娘である。

馬之介はまだ十五歳なので、茜の妹分のようなものだった。

「刑部様、本日もお方様にお呼び出しを受けたのでございまするか」

馬之介は心配そうに訊く。最初に男名前を頂戴した時、馬之介は涙ぐんだ。よりによって、馬之介はひどい、ということである。馬之介の本名は早苗《さなえ》という可愛らしいものだった。金之丞は、これはお務めをしている時の仮の名であるから、気にすることはないと宥《なだ》めたが、馬之介はその日、いつまでもめそめそしていたものだ。金之丞の本名はすてで、本人はあまり本名を気に入っていなかったので、金之丞でもよしとするところがあった。

「さようでございます。若様のお世話をした日は必ずお呼び出しがございまする。お方様が何をお訊ねになりたいのか、わたくしにはさっぱりわかりませぬ」

茜は二人の傍に座ってそう応えた。金之丞は急須を引き寄せ、茶を淹《い》れ始めた。それはわたくしが。慌てて言うと、金之丞はさり気なく茜を制した。茶を淹れながら金之丞は、「お方様は弁天丸《べんてんまる》様をお殿様の跡目に就かせたいのでございます。そのためには若様と弟君の章昌様の処遇をあれこれ考えておいでなのです」と言った。

弁天丸は勝昌の幼名である。金之丞は父親が藩の家臣のせいもあって、内部事情に詳しい。最近は差し障りのない程度に藩の内情を明かしてくれるようになった。それは迂《う》闊《かつ》なことを喋って後の二人が窮地に追い込まれないためである。むろん、三人の間で交わされた話は、他には洩らさないという暗黙の了解がある。

「若様と章昌様を隠居させたとしても、弁天丸様はまだ幼な子でありまする。ご政道には関われませぬ。それならば、弁天丸様が成人されるまで、若様か章昌様が跡目を継げばよろしいのではありませぬか」

馬之介は不満そうに唇を尖《とが》らせた。

「お方様のお考えは、そうではありませぬ」

金之丞はぴしゃりと言ってから、茶の入った湯呑を二人の前に差し出した。茜は小さく頭を下げた。

「若様のお母上はお隠れあそばしておりまする。章昌様のお母上は、この長局にはおりませぬ。どのようなお方なのかも知らされておりませぬ。恐らく、素性を明かせば差し障りのあるお立場の方だったのでしょう。それゆえ、お愛の方様は弁天丸様こそ次期藩主にふさわしいと考えられたのです。そして、弁天丸様がご政道を執られるまで、どなたか後見人を立てるおつもりなのです」

「後見人とは？」

茜はおずおずと口を挟んだ。

「それは藩の家老職を務めるどなたかでしょう」

しかし、そうなった場合、藩政はその後見人に牛耳られる恐れもある。茜はようやく藩内の不穏な空気に納得が行った。つまり、順当に嫡子の良昌を次期藩主にしようとする一派と、良昌の健康状態に不安を持って、次男の章昌を次期藩主にと考える一派、それに弁天丸こと勝昌に後見人を立てる一派と、藩内は三つの考えに分かれていたのだ。

「金之丞様、国許のお殿様のお考えはいかがなのですか」

馬之介は不安そうに訊く。

「それはもう、若様に跡目を継がせたいご様子ですよ。お殿様の側近も同じ考えだと思いまする。ただし、家臣達の意見が章昌様なり、弁天丸様に多く傾けば、たといお殿様でも無視することはできなくなるでしょう」

金之丞の話を聞きながら、老女藤崎はなぜ、良昌の世話を自分に命じたのかと恨みたい気持ちになっていた。さすれば、藩内の動きにも頓着せずにいられたのにと思う。茜にとって誰が次期藩主に就こうが構わなかった。しかし、良昌の人柄に触れ、その身体を気遣う内、同情する気持ちも起きている。むざむざとお愛の方の思い通り、隠居に追い込みたくはなかった。

「藤崎様も今頃はお愛の方様にお呼び出しを受け、あれこれと策を練っていることでございましょう」

金之丞は諦めの交じった声で言う。

「我らは藤崎様の指揮の下で動いておりまする。藤崎様がお愛の方様のお味方である以上、おのずと弁天丸様を次期藩主とする方向になりましょう。我らがここで頭を悩ませたところで埒は明きませぬ」

茜は少し怒気を孕《はら》ませた声で言った。

「刑部様のご意見はごもっともでございまする。わたくしが心配しておるのは、お愛の方様が、いささか強引な方法を執るのではないかということなのです」

金之丞は興奮した茜に醒めた眼を向けた。

「強引な方法とは？」

そう訊いた茜に金之丞はしばらく黙った。それは口に憚《はばか》られることだったからだろう。

「一服盛るとか……」

医者の娘である馬之介は、すぐにそこに気がついたらしい。まさか、と茜は否定したが、金之丞は何も応えなかった。

「刑部様、もしも、藤崎様からそのようなお指図があったら、何んとなさる」

馬之介は試すように訊いた。

「わたくしにはそのような大それたことはできませぬ」

「でも、断れば刑部様のお命も危うくなりましょう。松前藩の命運を賭けたことならば」

ざわりと背中が粟立った。お愛の方が良昌暗殺を企てるとすれば、それは藤崎から茜に命じられるだろう。茜が三人の中で良昌に近い位置にいる人間だからだ。

「若様のお世話を辞退しとうございます」

茜は低い声で金之丞にとも、馬之介にともつかずに言った。

「刑部様、それを決めるのは藤崎様で、我らではありませぬ」

金之丞はにべもなく応えた。ああ、と茜は胸の内で嘆息した。これはたとえ話でなく、いずれそのような事態になるという金之丞の警告だったのではあるまいか。この金之丞も、もしかしてお愛の方の間者《かんじゃ》かも知れない。そう思うと、得体の知れない恐怖に茜は襲われた。

五

それから毎日、茜は生きた心地もなかった。

もしも藤崎にそのような命令を受けた場合、茜は自害するよりほかはないと思い詰めていた。藩をひそかに出奔《しゅっぽん》することも考えたが、そうなれば両親に迷惑が及ぶ。父と兄は自分のためにお務めを辞めることにもなりかねない。自分はなぜ、女中奉公を選んだのだろうか。いやな縁談を断るためだったが、こんなことになるのなら、あの清水久保《しみずくぼ》の妻になったほうが何ほどましだったかわからない。茜は夜、床に就く度に悔《く》やんでいた。

（伊与太、優しい伊与太。お前は元気で修業に励んでいることだろうね。わたくしは大人の思惑に神経をすり減らしているのだよ。自分が望んだ道とはいえ、わたくしは辛くてたまらない。伊与太、子供の頃はよかったね。何も悩みなどなく、思う通りに生きていたのだから。わたくしが死んだら、伊与太、涙のひとつもこぼしてくれるだろうか。お前と夫婦になるなど、よくも甘い夢が見られたものだ。伊与太、愚かなわたくしを笑っておくれ）

くうっと喉が鳴った。

「刑部様、お泣きになっているの？」

襖《ふすま》越しに馬之介が声を掛けた。

「泣いてはおりませぬ」

茜はくぐもった声で応えた。馬之介はそれ以上、何も言わなかった。

急に風が冷たくなったある日、弁天丸こと勝昌は夜になって熱を出した。風邪を引き込んだらしい。熱はなかなか下がらない様子で、朝まで長局の廊下を人が行き来する足音が続いた。

翌朝、小康状態になったのか、お愛の方の部屋は静かだった。

「弁天丸の熱は下がったかのう。心配じゃのう」

良昌は池の鯉に麩をやりながら、時々、長局の間に眼を向けていた。

「季節の変わり目は大人でも用心しなければなりませぬ。若様もくれぐれもお気をつけあそばすように」

「今年は二度しか風邪は引いておらぬ」

「二度あることは三度あると申しまする」

「わしに風邪を引けとな」

「滅相もございませぬ。若様が風邪をお召しになれば、抜けるのにひと月も掛かりまする。刑部はそれを心配しているのでございまする」

「わかった、わかった。刑部はくどいおなごだ。同じことを何度も言う」

「何度も申し上げねば、若様はわかっていただけませぬ」

そう言った途端、良昌が鯉に麩をやる手が止まった。そのまま長局の方をじっと見ている。

「いかがなされました」

「様子がおかしい。何かあったやも知れぬ」

良昌の顔が緊張で青ざめていた。

お愛の方の側仕えが口許に掌《て》を当て、咽《むせ》び泣きながら廊下を小走りに駆けていた。その後から御典医が苦渋の表情で通った。

老女藤崎も裲襠《うちかけ》の裾を捌《さば》きながらお愛の方の部屋に急ぐ。

良昌の近習が急ぎ足でやって来ると、良昌の少し前にしゃがみ「申し上げまする。ただ今、弁天丸様がお隠れあそばされました」と伝えた。

「何んと！」

そう言ったきり、良昌は絶句した。近習はすぐに御殿に戻って行った。

「若様、何んとお言葉をお掛けしてよろしいか、この刑部、わかりませぬ」

様々な思惑は別にして、僅か五歳で亡くなった勝昌が憐れだった。

「お愛の方様は、さぞ気落ちなされていることだろう。弁天丸を次期藩主にと張り切っておられたのに」

良昌はそんなことを言った。

「若様はご存じでいらっしゃいましたか」

茜は驚いて良昌を見た。

「知らいでか。弁天丸の母親ならそう考えるのも当たり前じゃ」

「若様は、それをどう思われていたのでございまするか」

「是非《ぜひ》もないことじゃと思うていた」

「……」

「この先は章昌に励んで貰わねばなるまい」

「若様が自ら励むとはおっしゃっていただけないのでございましょうか」

「刑部、無理を言うな」

「いいえ。刑部は申し上げまする。どうぞ、若様が次期藩主にお就きいただけますように」

「刑部、先のことなど誰にもわからぬ。明日のことさえもじゃ。昨日の今頃、誰が弁天丸が死ぬと思うた」

「若様のおっしゃる通りでございました」

茜は渋々、肯いた。

「さて、お愛の方様に悔やみを述べに行かねばなるまい」

「お愛の方様はお悲しみのあまり、若様に悪態をおつきになるやも知れませぬ。もう少し落ち着いた頃になさればよろしいかと」

茜は良昌を慮《おもんぱか》って言った。

「わしに悪態をついて気が済むのなら、百でも千でも悪態をついていただこう」

良昌は意に介するふうもなく応えた。茜は良昌の寛容な心に畏れ入った。感動してもいた。

「本日の若様は、とても男らしいと存じまする」

そう言うと良昌は、刑部が珍しくわしを褒めた、雨でも降らねばよいが、と皮肉を返した。笑顔はなかったが。

参考書：『概説　松前の歴史』（松前町町史編集室編）

やぶ柑子《こうじ》

一

神無月《かんなづき》も晦日《みそか》近くになると江戸は途端に冷え込んで来る。昨日の朝は霜柱が立っていたと女中のおふさが言っていた。

「これからは炭代も余計に掛かるし、暮らし難い季節になりますね」

おふさは朝めしの後片づけをしながら言う。

伊三次の女房のお文は長火鉢の傍に座り、煙管《きせる》を使いながらおふさの話を聞いていた。

亭主の伊三次は朝早く仕事に出かけたし、娘のお吉もその日は手習所《てならいどころ》が休みだったので、おふさの息子の佐登里を連れて炭町《すみちょう》の「梅床《うめどこ》」へ出かけた。梅床は伊三次の姉の連れ合いが営んでいる髪結床《かみゆいどこ》である。主の十兵衛は偏屈な男なので、伊三次は昔から好きではなかった。しかし、娘のお吉は父親の思惑など意に介さず、伯父さん、伯父さんと十兵衛を慕う。娘のいない十兵衛も、そんなお吉の気持ちが通じるのか、お吉が顔を見せると喜ぶ。数年前から中風《ちゅうぶう》を患《わずら》って身体の自由が利かなくなると、お吉が訪ねて来ることを、ことさら楽しみにしているらしい。

「冬を越さなければ春が来ないとわかっていても、寒いのはいやだねえ」

お文はため息交じりに応え、火鉢の縁で煙管の雁首《がんくび》を打って灰を落とした。それから湯呑に残っていた茶を飲んだ。

「でも、これから師走に掛けてお内儀さんはお座敷が掛かる機会も増えますね。お忙しくて結構なことですよ」

「わっちが稼がなきゃ、おふさに給金を払うこともできゃしない。いつまでわっちは芸者をしているんだろうね」

お文の口調は愚痴《ぐち》っぽくなる。亭主の伊三次は相変わらずの廻《まわ》り髪結い。ひと月の稼ぎ高は十年前とさほど変わっていない。子供は大きくなる一方なので、お文が芸者を辞めた日には、たちまち暮らしに影響するというものだ。

「それでもお内儀さんには芸がありますから羨ましいですよ。内職するのとは訳が違いますもの」

「何んの芸だか」

「三味線、端唄《はうた》、お客あしらい。どれを取ってもあたしらには真似ができませんよ」

「褒めているのかえ」

「もちろん」

「それはおかたじけ」

「それに比べて、うちのお隣りなんて、ご主人が浪人しているものだから、可哀想に奥様は毎日内職に追われているんですよ。子供の紙風船を拵《こしら》えているんですが、手間賃なんて雀の涙ですよ。お正月を無事に迎えられるのだろうかと他人事ながら心配してるんです」

「お前の所の裏店《うらだな》に浪人なんていたのかえ」

おふさが住んでいる裏店は八兵衛店《はちべえだな》と言って、日本橋・佐内町《さないちょう》の箸屋「翁屋《おきなや》」の持ち物だった。主の八兵衛に因《ちな》んで八兵衛店と呼ばれている。翁屋八兵衛は、日本橋ではかなり知られた分限者《ぶげんしゃ》で、八丁堀にも幾つか裏店を所有していた。おふさが亭主の松助と所帯を持つ時、伊三次は八兵衛に口を利いてその裏店に入れて貰ったのだ。おふさの隣人の浪人夫婦も何かつてがあって八兵衛店に入ったのだろう。

「ついひと月前に越して来たばかりですよ。それまでは松屋町《まつやちょう》の仕舞屋にお住まいになっていたらしいですが、ご主人のお父様が亡くなると、夫婦二人暮らしなら裏店でも構わないだろうということで、こっちにいらしたのですよ。裏店なら店賃《たなちん》も幾らかお安いでしょうし」

「どうして浪人になってしまったのだろうね」

「何んでも仕えていた藩のご領地で一揆《いっき》が起こり、それが公方様のお怒りを買い、藩はお取り潰《つぶ》しになったとか」

「一揆？　百姓一揆かえ」

お文はおふさの顔をまじまじと見た。

「ええ。うんかと呼ばれる虫がとんでもなく涌《わ》いて、稲を喰い荒らし、お百姓は年貢を納められなくなったからですよ」

「一揆が原因で藩がお取り潰しになったってことか。お気の毒だねえ」

「ええ。とてもお気の毒です。お隣りのご主人のお父様は亡くなる前に、同僚の方へご主人の仕官に便宜を計らっていただくようお手紙を残されたのですが、ご主人がそのお手紙を持ってお相手の所へ出向いても玄関払いをされるばかりだそうですよ」

「その同僚はうまく仕官が叶《かな》ったのだね」

「さようです。お取り潰しになるという噂を聞くと、あちこち立ち回って、ご自分の居場所を見つけたらしいです。ほら、新場橋《しんばばし》の傍の細川《ほそかわ》様の下屋敷にお務めされているのですよ。何んのお仕事をなさっているかは存じませんけれど」

八丁堀には大名屋敷が幾つかある。松平越中守《まつだいらえっちゅうのかみ》、九鬼《くき》式部少輔《しきぶしょうゆう》、松平和泉守《いずみのかみ》の上屋敷と細川越中守の下屋敷が有名である。

「その浪人は玄関払いをされているのに性懲《しょうこ》りもなく手紙を持って足を運んでいるとい

う訳かえ」

「昔はお父様が大層面倒を見た方らしいですから」

「だから、倅《せがれ》をよろしくと、お父上は藁《わら》にも縋《すが》る思いで手紙を書いたんだろう。だけど、藩はお取り潰しになったのだし、昔の仕事仲間だったとは言え、倅の面倒まで見る気持ちなど、さらさらないのじゃないかえ」

「あたしもそう思います。でも、お隣りのご主人が頼りにできるのはその方ぐらいなので、ここは是非にもお縋りしようと思っているのでしょうね。朝ごはんが済むと、奥様はさり気なく、本日はお出かけになりませんの、と訊くんですよ。暗にお父様の同僚の方の所へ行けと催促してるんです。ご主人は、そうだな、出かけようとおっしゃって、皺だらけの袴をお召しになるんです。でも足許は藁草履。お相手の方が玄関払いをしたくなる気持ちもわかりますけどね」

「やり切れない話だね」

「鷹揚《おうよう》なご主人なんですよ。うりざね顔で優しそうな眼をして、玄関払いをされて帰って来ても、久慈《くじ》殿はお忙しくて、それがしとの約束を、つい忘れたのだろうとおっしゃって」

「約束していたのかえ」

お文は驚いて訊く。裏店の壁は薄い。盗み聞きするつもりはなくても、自然に隣りの事情をおふさは知ってしまったようだ。

「ご主人は通りで待ち構えて約束を取りつけたのでしょうよ。でも、それはその場限りのことだったと思います」

「相手の男も面と向かって断れないものだから、いい加減な約束をしたんだね」

「お侍なんて浪人になると憐れなものですよ。何もできないんですから」

おふさは後片づけを終えると、前垂れで手の水気を拭いながらそう言った。

「思い詰めて心中事件なんぞ起こさないように気をつけておくれよ」

お文はさり気なく注意を与えた。

「お内儀さん、脅かさないで下さいまし」

おふさは恐ろしそうな顔になって言った。

二

「本日はお出かけになりませんの」

海野《うんの》隼之助《はやのすけ》の妻のふじが訊く。隼之助は縁側から狭い庭に下りて、落ち葉を塵取《ちりと》りに集めていた。この頃は、朝になるとどこからともなく落ち葉が吹き寄せられている。ふじは朝めしを済ませると、文机《ふづくえ》の前に座り、色紙を切って紙風船を拵える内職を始める。

ふじは手先が器用なので、細かい作業も気にならないようだ。でき上がった紙風船のてっぺんには小さな丸い穴が開いている。そこから息を吹き込むときれいな球体になる。乱暴に扱うとすぐに破れてしまうが、そっと転がすと、紙風船は音もなく畳の上を走る。また、お手玉のようにぽんぽんと手で撥《は》ね上げて子供を喜ばせることもできる。中身ががらんどうの紙風船は、どこか自分のようだと隼之助は思う。

父親の海野靭負《ゆきえ》は紀州の吉川藩の家老をしていた。一子隼之助も元服を迎えると勘定方見習いとして御番入《ごばんい》り（役職に就くこと）を果たした。そして二十五歳の時に許嫁《いいなずけ》のふじと祝言を挙げた。

花嫁衣裳を纏《まと》った十九歳のふじは大層美しかった。その頃の隼之助は藩主の伴《とも》をして、一年置きに江戸と国許を行き来していた。

あれはふじが懐妊した年のことだから、今から三年前のこととなる。国許から嬉しい便りが届き、隼之助は父親となる喜びを強く嚙み締めたものだ。父親の靭負は、お前は一人っ子で大層寂しい思いをさせたから、ふじにはたくさん子供を産んで貰いたいと興奮した口ぶりで祝いの言葉を隼之助に述べた。

しかし、その喜びもつかの間、国許で百姓一揆が起きたと知らせが届き、藩邸内は上を下への大騒ぎとなった。やがてそれは将軍徳川家斉にも知られるところとなり、一万石をいただく藩には改易《かいえき》の沙汰が下った。

隼之助は江戸藩邸で父親ともども後片づけに追われた。厳し過ぎる幕府の沙汰には承服できないものがあったが、後に残された家臣は飛ぶ鳥跡《あと》を濁さず、の諺《ことわざ》通り、塵ひとつ残さず、屋敷を返上した。そのために海野父子は仕官の口を探すのを後回しにせざるを得なかったとも言える。

藩の御長屋を出てから、靭負は八丁堀に仕舞屋を見つけた。一時凌《しの》ぎの住まいだと父子は、その時は思っていた。母親は隼之助が五歳の時に亡くなっているので、文字通り、靭負は男手ひとつで隼之助を育てたのである。

国許の屋敷も返上しなければならないので、長く海野家に奉公していた女中と一緒にふじを江戸に呼び寄せた。

ふじは仕舞屋のあまりのみすぼらしさに呆気に取られていたが、海野家の不幸はその程度に留まらなかった。長旅の疲れでふじは流産した。

靭負は、せめて隼之助だけでも仕官できるよう奔走したが、思うように行かなかった。女中は海野家の事情を察して、自分から暇乞《いとまご》いをして国許へ帰って行った。それからふじは家事全般を一人でこなすようになった。

雨の日も風の日も、夏の炎天下の日でさえ靭負は江戸市中を歩き廻った。靭負が激しい頭痛を訴えて倒れたのは、松屋町に移って二年後のことである。

ふじは献身的に看病したが、靭負は倒れてから半年寝ついた後に亡くなった。病の床で鞆負が案じていたのは隼之助とふじのことばかりだった。

風の噂で久慈七右衛門《しちえもん》という朋輩が細川家に仕官したことを知ると、何んとか隼之助の道が立つように面倒を見てほしいと鞆負は手紙をしたためたのである。言わばそれは鞆負の遺言でもあったはずだ。

隼之助はつましい葬儀を終えると、仕舞屋を出ることを考えた。裏店に移れば店賃は今より安くなると考えたのだ。父親の薬料が思わぬほど掛かり、手持ちの金は底を突く寸前であった。

仕舞屋の家主に相談して、岡崎町《おかざきちょう》の八兵衛店を紹介して貰った。その時、売れそうな家財道具は、すべて金に換えた。八兵衛店は仕舞屋よりさらに狭い間取りだった。

油障子を開けると六畳の茶の間ひとつ切り。突き当りは縁側になっていたが、ろくに陽も射さず、目の前は商家の壁だった。それでも猫の額のような庭がついており、やぶ柑子《こうじ》が赤い実をつけていた。

「これは南天かな」

無邪気に訊いた隼之助に、ふじは苦笑交じりに、やぶ柑子ですよ、と応えた。やぶ柑子は常緑の低い木で、夏に白い花が咲き、赤い実がなるという。

「実がならなかったら陰気な木だのう」

「さほど手入れをせずとも咲いてくれますので、わたくし達にはうってつけの庭木でございますわね」

　ふじはちくりと皮肉を滲ませた。

「なに、その内、仕官が叶えば、梅でも桜でも、そなたの好みの樹木を植えて進ぜよう」

「桜は毛虫がつくので、いやでございます」

　ふじはにこりともせずに言う。もともと笑顔の少ない女だが、近頃はほとんど笑わない。

　それでも時刻になれば食事の用意をしてくれ、実家に戻ると言わないふじを隼之助は心底ありがたいと思っている。ふじに出かけないのかと訊かれると、つい、出かけようと隼之助は言ってしまうのだ。久慈七右衛門から、もう来るなと言われない限り、隼之助は縋ってみようと考えている。玄関払いをされるのは悔しいが、なに、こちらは浪人の身、時間はあり余るほどある。何度訪れても構わなかった。

「本日、宮田屋《みやたや》さんへ内職の物を届けましたら、久しぶりに本所の姉の所へ行って参ります」

　ふじは前々から決めていたらしく、そんなことを言った。ふじは江戸へ出て来てから、本所の町医者の家に嫁いでいる五つ違いの姉と親しくつき合っていた。宮田屋はふじに内職を与えてくれる室町《むろまち》のおもちゃ屋のことだった。

「そ、そうか。久しぶりだから積もる話もたくさんござろう。二日でも三日でも泊まって楽しんで来るのがよかろう」

「今晩は泊めていただきますが、明日の夕方には戻ります。ご酒《しゆ》を過ごしませぬように。火鉢の抽斗《ひきだし》に幾らかお金が入っておりますゆえ、よろしくお願い致します」

「それがしの心配などせずともよい。ささ、早く出かけなされ」

「はい……」

ふじは一張羅《いっちょうら》のよそゆきに着替え、紙風船の束の入った風呂敷を提げて出かけた。

ふじが出かけると、隼之助はなぜかほっとした。本所の姉に自分の愚痴を洩らし、帰りしなに幾らか無心をして来ることは想像できたが、もうそれで亭主の面目が保てぬとは思わなくなった。まことに貧すれば鈍する、とはよく言ったものである。貧乏に馴《な》らされた自分に時折、苦いものが込み上げるが、隼之助はすぐにそれを忘れた。忘れようと努めなければ生きて行けなかった。

その日は久慈七右衛門の所へ出かけるのを休み、近間の飲み屋でちろりの酒を一本だけ飲み、後は屋台のかけ蕎麦でも食べて寝てしまおうと思った。ふじから首尾はいかがでした、と訊ねられないだけでも気が楽だった。

隼之助はいつものように落ち葉の始末をつけ、前の住人が残して行った植木鉢に水遣りをした後、座敷に横になって朝寝を貪《むさぼ》った。

散歩がてら外に出たのは午後になってからである。雲が厚く空を覆っていた。その様子ではひと雨降るのかも知れない。いや、雪になるやも知れぬ。八兵衛店は周りを表店で囲まれているので風の影響は少ないと隣家のおふさという女房が言っていた。だが、冷え込みまでは防げまい。炭の一俵も買い置きがあればどれほど気持ちが楽だろう。炭だけでなく、米も灯《あか》り油も暮らしには欠かせない。ふじはよくやってくれている。だが、隼之助が内職を手伝おうとしたり、日傭《ひよう》取り（日やとい）に出て小銭を稼ごうかと言うと、武士がそのようなことをしてはなりませぬと止める。

ふじには武士の妻としての見栄があるのだ。たとい、裏店暮らしをしていようとも、武家の気概だけは忘れたくないらしい。ふじの言うことはもっともだから、隼之助は何も言い返せない。ふじの望みは隼之助が武家屋敷に召し抱えられ、決まった禄《ろく》を受け取る暮らしにほかならない。苦労しているふじのためにもそうしてやりたいのは山々だが、この不景気なご時世では仕官の口も、おいそれとは見つかりそうになかった。

三

松屋町の一膳めし屋「きくよ」は父親が元気な頃、何度か通ったことのある見世だった。

その見世は夜になると酒を出した。八丁堀界隈をそぞろ歩き、七つ半（午後五時頃）過ぎに隼之助は縄暖簾《なわのれん》を掻き分けた。昼めしは倹約して抜いたので、大層腹が減っていたが、それよりもいける口の隼之助は一杯飲みたかった。きくよの亭主は隼之助を見ると懐かしそうに「しばらくでございやしたねえ。何んでも引っ越しされたとか。今、どちらにお住まいで？」と言葉を掛けて来た。

「うむ。岡崎町の裏店におる」

「奥様はお元気ですかい」

「ああ、何んとか生きておる」

「何をおっしゃることやら。お酒ですかい」

「ああ」

「肴《さかな》はいかが致しましょう。鰈の煮付けもございますよ」

　鰈の煮付けなど、近頃口にしたこともなかった。うまそうだとは思ったが、いや、ちょっと一杯引っ掛けるだけだから、らっきょうでも貰おうか、と応えた。年寄りの亭主はひょいと眉を上げたが「へい、承知致しやした」と板場へ引っ込んだ。

　爪楊枝《つまようじ》でらっきょうを刺しながら口に運ぶ。ちろりの酒が胃《い》ノ腑《ふ》に落ちると、かッと身体がほてった。どうして外で飲む酒はうまいのだろうか。隼之助はちびちびと酒を味わった。

「おや、お一人ですかい」

ちろりの酒を半分ほど飲んだ頃、隼之助の隣りに住んでいる松助という岡っ引きが声を掛けて来た。

「ん？　ああ」

生返事で応えると、傍に座っていいですかいと訊く。あいにく店座敷は客で埋まっていたので、松助は近所のよしみで同席を頼んで来た。松助には連れがいた。確か、近所で髪結いをしている男だ。商売道具が入っている台箱を携えている。

「お寛ぎのところお邪魔してあいすみやせん」

髪結いは笑顔で頭を下げた。

「おおい、親仁《おやじ》、こっちにも酒を頼む」

松助は慣れた調子で板場に声を張り上げた。

「松さん、おれ、酒はいいですよ」

髪結いは慌てて言う。

「伊三、いつまでも下戸《げこ》をきどっているんじゃねェよ。男なら飲めなくても飲める振りをしろよ」

松助の妙な理屈に隼之助は思わず声を上げて笑った。

「ほら、松さん、海野様に笑われましたぜ」

髪結いはそう言って松助をいなした。その髪結いが自分の名前を知っていたことに隼之助は驚いた。話をしたことは一度もなかったはずだ。

「それがしの名前をご存じでしたか」

隼之助は怪訝《けげん》な表情で髪結いに言った。

「へい。商売しておりやすもんで、近所の人間のことはなるべく覚えるようにしておりやす」

髪結いはさり気なく応えた。そんなものだろうか。

「ご挨拶が遅れましたが、あっしは玉子屋《たまごや》新道《しんみち》で廻り髪結いをしている伊三次ってもんです」

髪結いは如才なく挨拶した。年は三十の後半か四十を少し出たぐらいだろうか。細身の身体をして、なかなかいなせな男である。

「廻り髪結いというのは客の家に出向いて商売をするということかな」

隼之助はらっきょうを口に入れて訊く。もうそろそろ酒も終わりだ。

「さいです。海野様もご用の節はお気軽にお声を掛けて下せェ」

伊三次はそう言うと、運ばれて来たちろりを松助より先に酌《しゃく》をしてくれた。不満そうな松助の表情が可笑しかった。

やがて二人は隼之助にわからない話を始めた。松助は本八丁堀界隈を縄張にする岡っ引きだが、伊三次も何かそれに関わっているのだろうか。そう言えば、以前、誰かに廻りの髪結いの中には町方同心の小者《こもの》に使われる者がいると聞いたことがあった。

らっきょうはなくなり、ちろりの酒も飲み干した。隼之助が腰を上げようとすると松助は、もう少しよろしいじゃございませんか、と引き留めた。

「いや、これから用事があるゆえ、これで引き上げると致す」

「さいですか。おおい、親仁。海野様の勘定はおれに回してくれ」

「いかん。松助さん、それはいかん」

隼之助は慌てて制した。

「いいじゃございませんか。お気遣いなく」

「いや、家内よりちゃんと飲み代《しろ》は貰って来ておるゆえ、お気持ちだけありがたく」

隼之助はそう言って、板場から顔を出した亭主に自分の勘定を支払った。髪結いの伊三次は隼之助が見世を出て行くまで、さり気なく見つめていたような気がする。あの眼は何んだろう。怪しい人間に対する警戒の眼とは違う。強いて言うなら年下の弟に対するような感じがあった。浪人をしている自分に同情を寄せているのだろうか。そう思うと、今の自分のありようが俄《にわか》に恥ずかしくなった。町人から憐れみを受けるようでは武士もおしまいである。

だが、もしも久慈七右衛門が伊三次のような男だったら、自分は、とっくに仕官の口にありついていたような気がする。隼之助は冷たい夜風に吹かれながら、詮《せん》のないことを考えた。

提灯掛横丁《ちょうちんがけよこちょう》の入り口にうまい二八《にはち》蕎麦の屋台が出ているので、隼之助はそちらへ足を向けた。

久慈七右衛門の務める細川越中守の下屋敷は大門を閉ざし、ひっそりと静まっている。だが、その前に駕籠《かご》が一挺《いっちょう》停まっていた。ふと心が騒いだ。果たして、大門の横の通用口から紋付羽織姿の七右衛門が姿を現した。

「久慈殿。それがし、海野靱負の息子の隼之助でござる。父の手紙をお渡ししとうございまする。何卒、お受け取り下さいませ」

隼之助は羽織の袖から古びた手紙を取り出した。痩せた身体の七右衛門は頬骨が突き出ているように見える。うさん臭い眼で隼之助を見ると「せっかくだが、これから人と会う約束がござる。その件は後日改めて」と、にべもなく応え、駕籠に乗り込んだ。

隼之助は傍《そば》に寄り「どちらまでお越しですか。それがしの話を道々、聞いていただきたいのですが」と切羽詰まった表情で言った。

「ええい、うるさい。わしは忙しいのだ。そなたに構っている暇はござらん。よいか、もうわしに近づくでない。さもなくば、痛い目に遭うやも知れぬぞ」

駕籠の中から甲走《かんばし》った声が聞こえた。隼之助の胆が冷えた。もう近づくな、と七右衛門は言った。これで万事休すなのか。隼之助は信じられなかった。

駕籠舁《か》きは「よッ」と掛け声を入れると、通りを歩き出した。隼之助は諦め切れず、その後をよろよろとついて行った。


日本橋・呉服町《ごふくちょう》の料理茶屋「樽三《たるさぶ》」の小座敷でお文は伊勢町《いせちょう》の瀬戸物商「有田屋《ありたや》」の番頭の金助《きんすけ》と細川越中守の家臣である久慈七右衛門の相手をしていた。

細川家で少し大掛かりな茶会が開かれるので、招待客に出す懐石料理の器《うつわ》を有田屋で誂《あつら》えることとなった。有田屋は、はるばる九州の窯元《かまもと》より船で運ばせる段取りをつけた。便宜を計らった久慈へ有田屋から袖の下が渡るのは想像できたが、芸者のお文は、お座敷で余計な詮索はしない。ただ、久慈七右衛門と名前を聞いた時には、すぐに隼之助の父親の同僚だと気がついていた。

七右衛門は還暦近い年のようだが、その抜け目のない表情、闊達《かったつ》なもの言いから、転んでもただでは起きない人物だと当たりをつけていた。

商談が終わり、お文と若い芸者の鈴奴《すずやっこ》が呼ばれた時、七右衛門は「本日は若いのと年増の組み合わせですな」と、皮肉なのか嫌味なのかわからない言葉を洩らした。

「久慈様には若い鈴奴をお相手させましょう。番頭さんはわっちで我慢、我慢」と冗談交じりにお文は応えた。

鈴奴は丸い顔に愛嬌がある。七右衛門は「鈴奴じゃなくて、豆狸だろうが」と鈴奴をからかいながらも鼻の下を伸ばした。鈴奴は、いやですよう、豆狸は、せめて豆奴にして下さいまし、と甘えるように言った。

「時に例の浪人は、まだ久慈様に纏わりついているのですか」

金助は、ふと思い出したように七右衛門に訊いた。三十七、八の若さながら有田屋の一番番頭である。大口の取り引きを決めることもそうだが、客と問題を起こさないことでも定評があった。それは商売以外にもこまめに客の要望に応えているせいだろう。その夜も樽三でうまい料理と酒を堪能させ、芸者まで呼んで七右衛門の気持ちを引き立てることに腐心していた。

「ああ、ほとほとわしも参っておる。なに、昔、わしの倅が女がらみの不始末を起こした時、奴の父親がうまくとりなしてくれたことはあった。しかし、それ相応の礼はしておるし、仕えていた藩もお取り潰しになった今、奴の面倒まで見られぬわ。しつこい男での、わしがちょっと外に出ると、待ち構えていて近づいて来るのよ。さすがのわしも堪忍袋の緒が切れて、わしに近づくな、さもなくば痛い目に遭わすぞと脅したが、おとなしく引っ込むかどうか……」

七右衛門は弱った顔で猪口《ちょこ》の酒をくっと飲んだ。金助は立ち上がり、窓の障子をそっと開けた。

「久慈様のおっしゃる通りですね。外にいますよ」

どうやら隼之助は樽三の前で七右衛門が出て来るのを待っているらしい。

「やれやれ、帰りは裏口を使わなければなるまい」

七右衛門は苦り切って言う。

「いっそ、痛い目に遭わせますか。言うことを聞いてくれるごろつきなら何人も知っておりますよ」

「いや、そういう輩《やから》は後が怖い。わしなりに打つ手を考えるとする」

「その浪人は久慈様に仕官の口をお世話してほしいのでしょうね」

お文は、さり気なく言った。途端、七右衛門の顔に不愉快そうな色が浮かび「芸者風情が口を挟むな」と、声を荒らげた。

「申し訳ござんせん」

お文は殊勝に謝った。七右衛門はお文に対して虫が好かないらしい。年増の芸者には用がないのだろう。

「わっちは階下《した》に行って、お内儀さんに若い芸者と交代するよう頼んできますよ」

お文はすぐさま腰を上げた。それには金助が驚いた。

「文吉姐《ねえ》さん、何もそこまで」

「いいえ。気に入らぬ芸者の顔を見ても、おもしろくも何んともありませんから。ですが、久慈様。わっちもちょいと言わせていただきますよ。料理茶屋に芸者を呼んで、芸者風情が口を挟むなとは、ずい分なおっしゃりようでござんすね。聞けば、昔、お世話になったお仕事仲間の息子が浪人に甘んじているというのに、面倒を見るどころか、近づくな、痛い目に遭わすぞとは、血も涙もないやり方じゃございませんか。ご自分が仕官の口にありつけば、他の者はどうなっても構やしないということですか。細川様もとんだ人間を抱えたものだ。有田屋さん、袖の下はいかほど久慈様に差し上げたのですか。わっちは口が軽いから、うっかり喋ってしまいそうですよ。細川様のお留守居役の安藤《あんどう》様はわっちのご贔屓のお客様なんですよ。それじゃ、ごめん下さいまし」

お文はいっきにまくし立てると廊下に出た。

七右衛門は呆気に取られ、返す言葉がすぐには出なかったらしい。だが、お文が出て行くと、何んだ、あれは、お内儀を呼べ、七右衛門の怒りに震える声が聞こえた。お文は構わず、裾を翻して階段を下りていた。

四

樽三のお内儀から、お文はたっぷり油を搾《しぼ》られた。七右衛門はお内儀に文句を言うと、予定した時刻よりかなり早く引き上げた。それでも隼之助を警戒して裏口に駕籠を呼ぶことは忘れなかった。

お文は金助に謝った。隼之助は近所の人間なので、少しは事情を知っているということを言い添えて。これで有田屋の注文がふいになることが心配だった。

「大丈夫ですよ。すでに決められたことですので。文吉姐さんのお察しの通り、本日は久慈様に何がしかのものを差し上げるためにお座敷を設けただけですから。しかし、このことは、くれぐれもご内聞に」

金助は釘を刺した。

「もちろんですよ。あんまり悔しかったので、つい口から出まかせを言っただけですから」

「久しぶりに文吉姐さんの啖呵《たんか》を聞きましたよ。いやあ、胸がすっとした」

金助が笑いながら言ってくれたので、お文はようやくほっとした。

外に出ると、隼之助は向かいの家の軒下に佇んでいた。

「もし、海野様」

声を掛けると、隼之助は、驚いた表情で顔を上げた。

「久慈様をお待ちでございますか」

「はッ。まだこちらにいらっしゃいますでしょうか」

「とっくにお帰りですよ」

「そうですか……」

意気消沈した隼之助が気の毒だった。

「よろしかったらご一緒に帰りませんか。わっちの家は玉子屋新道なんですよ。海野様のお住まいの近くでございますよね」

「どうしてそれがしの住まいをご存じなのでしょうか」

「海野様のお隣りにおふさという女房がおりますでしょう？　あの女房はわっちの家の台所仕事を手伝っているんですよ」

「あ、ああ、おふささんですか。あの人はいい人だ。煮物を拵えると届けてくれまする。それがとてもうまいのですよ。それでは夜も遅いことですし、それがし、伴をさせていただきまする。芸者さんは、いや、お内儀さんは……」

隼之助は何んと呼び掛けたらよいのか思案していた。

「お文と呼んで下さいまし」

「お文さんですか」

「さようでございます。お座敷が掛かると、このような恰好で出かけますが、常は髪結い職人の女房ですよ。子供も二人おります」

「え？　それでは伊三次さんの」

「まあ、覚えておいででしたか。それはありがとう存じます」

隼之助はお文の提灯を持ってくれた。

「奥様はお帰りをお待ちでしょうね」

歩く道々、お文は訊いた。

「いや、家内は本日、本所の姉の所へ参りました」

「晩ごはんは召し上がりましたか」

「ええ、まあ」

そう言った途端、間《ま》の悪いことに隼之助の腹の虫がぐうと鳴った。お文は笑わなかった。胸が締めつけられるような気持ちがしていた。

「わっちはお座敷でいやなことがあり、頭に血が昇ったせいか、何んだかお腹が空いて来ましたよ。海野様、こんな年増芸者で申し訳ありませんが、お蕎麦をつき合っていただけませんか。すぐそこにおいしい屋台が出ているんですよ」

「そ、そうですな。それがしも蕎麦を食べたいと思ったところでした」

「送っていただくお礼にご馳走させて下さいまし」

「いや、おなごに奢らせるのは男の恥でござる。それがしが払いまする」

勘定をどちらが持つかで、お文と隼之助は少し揉めた。それで勘定は各々で払うことに決めた。

二八蕎麦屋は屋台の傍に床几を出していたので、二人はそこに座った。隼之助はお文の着物が汚れるのを気にして、腰に提げた手拭いをそっと敷いてくれた。熱いかけ蕎麦は大層うまく感じられた。

「実は今夜、わっちは久慈様のお座敷に呼ばれたんですよ」

だしの効いた汁を啜《すす》ってからお文は口を開いた。

「久慈様は最初《はな》っからわっちを年増芸者とばかにしましてね、いえ、そういう御仁《ごじん》は他にもいらっしゃいますけど、今夜ばかりは我慢がならず、派手な啖呵を切ってしまいましたよ」

そう言うと、隼之助は驚いてお文を見つめ、それから愉快そうに笑った。

「聞きたかったですな、お文さんの啖呵を」

「いい年して、お恥ずかしい限りですよ。若い芸者に示しがつきませんよ」

お文は自嘲的に言った。明日、芸妓屋《げいぎや》の「前田《まえだ》」のお内儀にも叱られるだろうと考えると気持ちが重かった。

「余計なことですが、久慈様にお縋りするのは、もうよしになさったらどうですか」

お文はおそるおそる続けた。

「それがしも、そろそろ潮時だと考えておりました。しかし、わが父が亡くなる前に久慈殿へ手紙を残しましたので、その手紙を届けなければ父の気持ちを踏みにじるような気がしていたのでござる」

「久慈様がお手紙を受け取ろうとなさらないのはお父上が亡くなられているせいでしょうね。遺言と等しいものですから」

「おっしゃる通りでござる。わが藩は改易となりまして、江戸詰めの家臣の多くは浪人に甘んじております。それがしはまだいいほうで、中には物貰いに身を落としている者もおりまする。したが、それがしが声を掛けると、慌てて逃げて行きまする。あのようなていたらくになったら、いっそ死んだほうがましでしょう。しかし、死ぬこともできない者は生きて行くしかないのでござる。お文さん、生きて行くのは辛いことですな。貧乏は苦しいものですな」

しみじみ言った隼之助にお文は涙がこみ上げた。慌てて手巾《しゅきん》を口許に押し当てた。その時、お文は決心した。この男を、海野隼之助を何んとか武家屋敷に仕官させよう、と。

「草履取りでも武家屋敷に奉公できれば満足ですか」

「それはもちろん」

かけ蕎麦の汁を飲み切って隼之助は応えた。

「わっちが心当たりを探しますよ」

「そんな。赤の他人のお文さんにそんな迷惑は掛けられませんよ」

「赤の他人？」

「ええ、そうです」

「そうでもございませんよ。わっちの実のてて親は、これでも武家でございましてね。海野様と同じ苗字なんですよ」

「まさか、海野靫負という名では」

「それはお父上のお名前でございますか」

「は、はい」

「ご心配なく。わっちのてて親はご公儀の御側衆《おそばしゅう》をしていて、後に奏者番《そうしゃばん》になったそうですよ。海野要之助《ようのすけ》と申します。母親はさる商家の娘でしてね、わっちは許されない恋路の果てに生まれた娘なんですよ。母親はとうに亡くなりました。てて親も生きているかどうか……」

「ご苦労されましたな」

「いいえ。苦労なんてこれっぽっちもしておりませんよ」

「そんなことはありますまい。実の親の顔も知らず養女に出され、そこで芸者となるべく修業をされたのですから、辛いこともたくさんあったと思いまする」

隼之助はお文の来し方を慮る。今までそんなことは言われたことがないので、お文は胸をくすぐられるような気持ちになった。

「そりゃあ、三味線や踊りの稽古をつけて貰う時はおっ師匠《しょ》さんに叱られたことがありましたけど、それはわっちだけでなく、他の下地っ子《したじこ》（芸者の見習い）もそうでしたから、別に何んとも思っておりませんでしたよ。継母ってのは芸妓屋のお内儀でしたが、わっちは実の母親同様に可愛がって貰いましたよ。わっちは我儘《わがまま》でしたから、気に入らぬことがあれば口答えもして、どうしようもない娘でした。ですからね、苦労らしい苦労はしていないのですよ」

「お文さんは強い人だ。それがしも見習いたいものでござる」

隼之助は感心したように言う。

「おやおや、海野様に褒められてしまいましたよ。今日はよい日になりました」

お文は照れ臭さをごまかすように応えた。

十六文の蕎麦代をそれぞれ支払うと、二人は玉子屋新道に向けて歩き出した。暗い夜だった。星も見えない。

「八兵衛店に越して来て、よかったと思っておりまする。近所の皆さんは親切ですし」

蕎麦を食べて人心地がついたのか、隼之助は機嫌のよい声で言った。

「困ったことがございましたら、どうぞご遠慮なくおっしゃって下さいまし。できることはお力になりますよ」

「ありがとうございます。お文さんにそう言っていただけただけでも、それがし、何やら勇気が湧いて参りました」

「ようございました。世の中、何んとかなると思っていれば、何んとかなるものでございますよ」

「さようですな。それがしも、もっと気楽に考えることに致しまする」

「奥様のためにもしっかりなさって」

「はい」

隼之助はお文を送ってから自分の住まいに戻って行った。よい青年だと思う。その青年がいつまでも浪人をしているのは見るに忍びない。何んとかしてやりたい。お文は改めてそう思うのだった。

五

隼之助の仕官の口を見つけてやろうと心で決めたものの、やはりそれはお文の手に余った。亭主の伊三次に、海野様が仕官できそうなお屋敷に心当たりはないだろうかと訊いても「ばか言うねェ。口入《くちい》れ屋《や》（周旋業）で仕事を探すのとは訳が違う」と、一笑に付される始末だった。

浪人が仕官するためには、まず第一に後ろ盾となる人物の推薦が必要だった。言わばコネである。隼之助の父親はすでに亡くなり、周りに親戚もいなかった。仕えていた藩で連絡が取れるのは同じ浪人に甘んじている連中ばかりだろう。隼之助が久慈七右衛門に性懲りもなく縋る気持ちは無理もなかった。

武士のお座敷に呼ばれることはあっても、そこで芸者の自分が仕官の口を願い出るなど、僭越の極みであることはわかっていた。いったいどうすればよいのかと、お文はそれからしばらく悩んでいた。

伊三次も隼之助には好感を持っていた。先日、松助と一緒にきくよに行った時、松助が奢ると言っても隼之助は承知しなかった。自分はらっきょうを肴にみみっちく飲んでいたというのにである。隼之助は、まだ武士としての品位を失っていないと感じた。きっと藩に仕えていた頃は、父親ともども、お務めに励んでいたのだろう。しかし、あの覇気《はき》のなさは心配になる。もっと、他の者を押しのけてでも出て行く強さを持ってほしかったが、今の隼之助には無理かも知れない。やはり、誰かが背中を押してやる必要があると、伊三次は考えていた。いや、お文が隼之助のことを何んとかしてやりたいと思う気持ちは、伊三次にも十分、伝わっていた。そんなお文を喜ばせたいと伊三次も思うようになった。

不破友之進の組屋敷でいつものように不破と息子の龍之進の頭を結った後で、伊三次は不破の妻のいなみに、ちょいとお訊ねしたいことがありますと畏《かしこ》まって言った。不破に面と向かって言う勇気はなかった。さしずめ、町人風情が差し出た真似をするな、と一喝されるのが関の山だろう。

いなみは、それでは台所で少しお待ちになってと応え、先に不破と龍之進を奉行所に送り出した。龍之進の妻のきいは外に出て見送っていた。相変わらず仲がよい。これで早く子供ができないだろうかと、伊三次はひそかに心配している。

いなみは夫と息子が出かけると、ほっとした表情で台所に現れた。

「お忙しいところ、手間を取らせて申し訳ござんせん」

伊三次は恐縮して頭を下げた。

「いいえ。さほど急ぎの用事はございませんので、お気になさらずに」

いなみは火鉢の傍に座り、茶の用意を始めた。構わねェで下せェ、と伊三次は慌てて言った。

「お茶ぐらい飲んで下さいましな。それでわたくしに訊ねたいこととは何んでしょうか」

いなみは急須に茶葉を入れ、火鉢の鉄瓶の湯を注いで訊く。

「そのう、手前は根っからの素町人《すちょうにん》でございやすので、お武家の仕来《しきた》りはわかりやせん。これはたとえ話としてお聞き下せェやし」

そう言うと、いなみは怪訝な眼を伊三次に向けた。たとえ話を聞くほど暇ではないと言いたげでもあった。

「早くおっしゃって」

いなみは茶の入った湯呑を差し出しながら話を急《せ》かした。

「へい。浪人をしている者が仕官するにはどんな手順を踏んだらよろしいのか、ちょいとご教示願いたいと思いやして」

隼之助の名前は伏せて伊三次は話をした。

いなみは呆気に取られた様子でしばらく黙ったままだった。膝の上に重ねた手をそっと摩《さす》る。伊三次はそれを、いなみが不愉快に感じていると取った。

「申し訳ありやせん。つまらねェことを喋ってしまいやした。どうぞ、お忘れ下せェやし」

慌てて腰を上げ、暇乞いをしようとすると、「お待ちなさい。お話はまだ終わっておりませんよ。あなたのお知り合いに浪人をなさっている方がいらっしゃるのですね」と訊く。

「へ、へい」

伊三次は浮かした腰を元に戻した。

「どうしてその方は浪人となったのでしょうか」

「仕えていた藩がお取り潰しになったそうです」

「それはお気の毒なことですね。でもね、大名屋敷の内証《ないしょう》はどこも大変なものでございます。中間《ちゅうげん》や下男などは、お国許から呼び寄せず、江戸で雇った者を置いているお屋敷も多いのです。新たに仕官させるなど、今のご時世では難しいことに思えますよ。力のある方のご推薦があれば別ですが」

「草履取りでも無理でしょうか」

伊三次は諦め切れずに言う。

「伊三次さん、町方役人の家に相談なさるお話でもないでしょうに」

「あいすみやせん」

「でも、崎十郎《きじゅうろう》に何か手立てはないか伺ってみましょうか」

大沢《おおさわ》崎十郎はいなみの弟で大沢家に養子に入っていた。崎十郎はさる藩の家臣だった。崎十郎も年齢とともに藩では重きを置かれる立場となっている。

「そうしていただければ助かりやすが」

駄目で元々だ。運がよければ崎十郎が仕える藩で拾って貰えるかも知れない。伊三次は僅かな希望が繋《つな》がった気がした。

「でも、ちょっと待って……お取り潰しになったというのは紀州の吉川藩のことでしょうか」

いなみは、ふと思い出したように言った。

「いや、そこまでは覚えておりやせんが」

「この数年の内にお取り潰しになった藩と言えば吉川藩になると思いますよ。その藩のことなら崎十郎から聞いておりました。この泰平の世にお取り潰しになるというのも珍しいと崎十郎は驚いておりましたので、わたくしも覚えていたのですよ」

「さいですね。昔の話ならともかく」

隼之助の藩の名を聞いておくべきだったと伊三次は後悔していた。

「もしもその方が吉川藩の家臣だとすれば、他の大名屋敷へ仕官するのは少しお待ちになったほうがよろしいでしょう」

いなみは意味深長な言い方をした。

「奥様、どういうことか手前にはさっぱりわかりやせん」

「吉川藩はお国許で不祥事があったために改易となりましたが、ご親戚筋のお大名に上様のお姫様がお輿《こし》入れなさり、それをきっかけに吉川藩のお沙汰を見直す動きも出ているとのことです」

いなみの話は難し過ぎた。伊三次が求めているのは藩のことでなく、隼之助のこれからのことでしかなかった。だが、いなみは構わず話を進める。

「場合によっては、お殿様のご子息を跡目に立てて、お家再興が叶うかも知れません」

「そうなると、どういうことになるのでしょうか」

「ええ。召し放した家臣は再び吉川藩の家臣としてお務めできる可能性もございます。

ですから早まって仕官をすることはないと思いますよ」

「浪人している連中は、そのことを知っているんでしょうかね」

「さあ、ご存じの方も、そうでない方もいらっしゃるでしょう。正式のお沙汰はまだ出ておりませんので。伊三次さんは、さっそくそのことをお知らせしたほうがようございますよ」

「ありがとうございやした」

伊三次は、つかの間、夜が明けた気分になったが、さて、隼之助の仕えていた藩がその吉川藩になるのか、大いに不安だった。それでもいなみに何度も頭を下げて不破の家を出ていた。

六

得意先へ行くのは後回しにして、伊三次は八兵衛店に急いだ。隼之助に藩の名を確かめ、それが吉川藩だとすれば、近々、お家再興が叶うかも知れないという話を早く伝えたかった。

ところが、八兵衛店の門口《かどぐち》を潜《くぐ》ると、店子《たなこ》達が外へ出ていた。裏店のひとつに油障子を開け放した所があり、店子達もそちらに視線を向けながら、互いに小声で囁き合っている。何んだか様子がおかしかった。

油障子の前にお文と娘のお吉が立っていた。

「おい、何かあったのか」

伊三次は二人に訊いた。

「お前さん、海野様が自害しようとして、すんでのところで助かったのさ。中で松さんとおふさが海野様と話をしているよ」

お文は白けた顔で応えた。

「おふささんが気づいて止めたんだよ。そうじゃなかったら、あの世行きだった」

お吉は恐ろしそうな顔で伊三次に言った。

「ちょいと、様子を見て来る。お吉、台箱《だいばこ》を置いて行くぜ」

「合点」

お吉は張り切って応えた。

隼之助は涙に咽んでいた。松助とおふさが懇々と諭していた。傍で佐登里も膝頭を摑んで殊勝な顔をしていた。

「あ、親方」

おふさが伊三次に気づいて声を上げた。

「海野様、大丈夫ですかい」

伊三次は隼之助に訊いた。ご迷惑を掛けて申し訳ござらん、隼之助は涙声で謝る。

「いってェ、どうして早まったことをなすったんです？」

「奥様は本所のお姉様の所に、ひと月に一度ほどおいでになっていたのです。いつもは、ひと晩泊まり、翌日にはお戻りになるのに、この度は三日経ってもお戻りにならないそうです。それで海野様は前途を悲観されたようでございます」

おふさが代わりに事情を説明した。

「海野様は奥様に見捨てられたと思われたんですよ」

松助も言い添える。何んだ、そんなことで意気地がねェ、喉まで出掛かった言葉を辛うじて伊三次は堪《こら》えた。

「奥様から離縁してほしいと言われたんですかい」

伊三次は怒った口調で訊いた。

「いや、それは……」

「向こうで何か事情ができたとは考えられやせんかい。心配ならご自分で迎えに行ったらよかったんですよ」

伊三次がそう言うと、松助は「だな」と、低く相槌を打った。

「海野様がお仕えしていたのは吉川藩ですかい」

伊三次は相変わらず怒気を孕ませたまま訊く。

る。

「いかにも。それが何か」

顔を上げた隼之助の左の頬が赤く染まっていた。よく見ると、手の形に赤くなってい
「松さんがやったのけェ？」

伊三次は隼之助の頬を顎で促して訊いた。

「とんでもねェ、うちの奴よ。梁《はり》に紐を掛けて首縊《くびく》りしようとしたところを、うちの奴が気づいたのよ。裏店の壁の薄さが幸いしたというものだ」

「それで腹立ち紛れにおふさは一発お見舞いしたという訳か」

伊三次の表情がようやく緩んだ。

「おっちゃん。おっ母さん、凄かったぜ。このおっちゃんのほっぺたをバチンってな。このおっちゃん、眼を白黒させて引っ繰り返ったんだ」

佐登里はその様子を見ていたらしい。

「おっちゃんはよせ。それがしはまだ三十前だ」

隼之助は情けない声で反論した。伊三次は表に出て、店子達を引き上げさせると、お文とお吉を中へ呼んだ。吉川藩のことはお文にも知らせたかった。

隼之助が落ち着くと、伊三次はいなみから聞いた話をした。隼之助は眼を大きく見開き、「まことでござるか、伊三次さん」と確かめる。

「まだね、正式な話じゃねェので、はっきりしたことは申し上げられねェそうですが、浪人をなさっているお仲間に繋ぎをつけて、詳しいことをお調べなすったらいかがです？　呑気に首縊りしている場合じゃございませんぜ」

「伊三次さん。あなたは、ちと言葉の遣い方がおかしいですぞ。首縊りは呑気にするものではござらん」

そう言った隼之助はようやく落ち着きを取り戻していた。

吉川藩の再興は師走《しわす》の半ばに正式に伝えられた。浪人となっていた家臣達は空き屋敷に集められ、今後の藩の方針を聞かされたという。

三十余名の家臣達は三年に及ぶ浪人暮らしを互いに慰め合い、次期藩主から贈られた酒に酔った。正月には衣服を調《ととの》え、出仕する運びとなる。それぞれに衣服代と当座の金が与えられた。海野隼之助は寄合家老に推挙され、藩政に加わることとなった。それについて、狭いながらも藩邸の近くに拝領屋敷も給わるという。

隼之助は大晦日の数日前に慌ただしく引っ越しして行った。本所の姉の家に出かけたふじは内職の疲れが溜まり、向こうで熱を出して寝ついていたそうだ。これで隼之助にもしものことがあった場合、ふじは悔やんでも悔やみ切れなかっただろう。

おふさは八兵衛店の大家に頼まれて、隼之助の住まいの掃除をした。だが、どこもかしこもきれいに磨かれて、さほど掃除するところはなかったそうだ。

「今頃、海野様は新しいお屋敷で奥様とぬくぬくとお過ごしだろうね」

お座敷から戻ったお文は、寝間着に着替えると、嬉しそうに言った。伊三次は商売道具の手入れをしながら、だな、と応える。

今年も残すところ、あと二日だ。お文は今夜で年内のお座敷も仕舞いだった。そのせいかほっとしているように見える。だが、明日からはおふさと二人で正月の仕度に追われることだろう。

「わっちらが何も心配することはなかったってことだね」

お文は、そんなことを言う。

「そうでもねェさ。心配してくれる人が周りにいて、あの人も心強かっただろう」

「そうだといいが」

「それにしてもおふさが海野様に平手打ちを喰らわせたのには笑ったな。手の痕がくっきりついていたんだから」

「そうだね。でも海野様はそれで眼が覚めただろうよ」

「違いねェ」

「しかし、お侍ってのは厄介だねえ。わっちはこの度のことでつくづく思ったよ。どれほど貧乏をしていてもそぶりに出しちゃいけないんだから。海野様より奥様が辛かっただろうよ。いつも帯を胸高に締めて、しゃなりしゃなりと歩いていたよ。内心では明日の米の心配をしていたというのにさ」

「大したもんだよなあ」

「ああ、わっちには真似ができないよ」

「ところで、久慈って侍はどうした？」

伊三次は隼之助が縋っていた相手のことを思い出した。

「お家再興が叶うと知ると、あの爺《じじ》ィは、のこのことやって来たそうだ。手前《てめ》ェもさっそく細川様に致仕《ちし》（仕事を辞めること）をお願いして吉川藩のこれからに尽力すると熱弁を振るったそうだよ。だが、海野様に邪険にしていたことは皆、知っていたから、殿様の側近の一人が、いや、久慈殿はせっかく細川様に仕官なさったのですから、どうぞそちらにお留まりなされと言ったそうだ。老い先短い年寄りの願いをどうぞ叶えてほしいと爺ィは縋ったそうだが、これからの吉川藩は若い者の力で支えるからと爺ィの要望を蹴ったそうだ。瀬戸物屋の番頭から聞いたよ。わっちは胸がすっとした。本当はもっと悪態をついても罰は当たらないだろうと思っていたけどさ」

「海野様も溜飲を下げたことだろう」

「違うんだよ。あの男はどこまでも人がよくってさ、何んとか居場所を与えてやってはどうかと皆に言ったそうだ。浪人仲間からは、手前ェがされた仕打ちを思い出せと言われたらしいが、いや、それがしは、さほどの仕打ちはされておらぬと爺ィを庇ったそうだよ。まるで神さんみたいなお人さ」

「神さんだったのかも知れねェな」

「え？」

「色々おれも教わることはあったわな」

「何を」

「何をって、色々だ」

「おふさの話だと、引っ越しする時、お庭に植わっていたやぶ柑子を掘って、向こうのお屋敷に運んだそうだよ。そんなものをどうするんだとおふさが訊くと、裏店住まいをしていた時のことを忘れないためだと応えたとさ」

「………」

「何んにつけても、わっちらとは考え方が違うよ。まあ、いいけどね。海野様はいなくなったんだし、もう済んだ話だ。ああ、もう大晦日だ。一年なんて早いものだ」

お文はため息交じりにそう言った。

やぶ柑子がどんなものなのか伊三次はわからなかった。いや、眼にしていても気づかないだけだろう。息子の伊与太が正月休みで帰って来たら、そっと教えて貰おうと考えていた。隼之助は毎日、やぶ柑子を眺めて過ごしていたのだろう。憂いに沈んだ隼之助の眼に、やぶ柑子はどんなふうに映っていたのだろうか。それを聞いておけばよかったと思う。

きっとあの鷹揚な表情でやぶ柑子の美点を滔々《とうとう》と述べたはずだ。聞かず仕舞いに終わった話が今さらながら惜しまれる。隼之助はもしかして、本当に神さんだったのかも知れない。そう考えると、自分に粗相はなかっただろうかと俄に心配になってきた。

お文は口許に掌を当てて、そっと欠伸を洩らした。師走の夜は更けて行くばかりだった。

ヘイサラバサラ

一

年が明けて正月の二日に廻り髪結いの伊三次は日本橋・佐内町の「翁屋」の主に呼ばれた。

翁屋は老舗の箸問屋《はしといや》で、高級な象牙《ぞうげ》の箸から庶民が普段使いする竹箸まで手広く扱っている。

江戸でも指折りの大店《おおだな》であるが、主の八兵衛は江戸市中に貸家、裏店などを多く持つ家主でもあった。

いったい八兵衛が所有する建物はどれほどの数になるのか、伊三次も正確なところは知らなかった。まあ、知ったところでどうなるものでもない。桁《けた》の違いに驚くだけだろう。

八兵衛は商売で儲けた金でこつこつと土地を買い集め、そこに家なり、裏店なりを建てた。当初は商売がいけなくなった時、路頭に迷わないための用意だったという。

どれほどの大店でも傾く時は傾く、というのが八兵衛の持論である。普段の八兵衛は奉公人達と同じ食事を摂《と》り、目立つような贅沢はしない男である。かと言って、ただの吝嗇《りんしょく》でもない。出す時は出す。奉公人に対しても横柄《おうへい》な口は利かない。もちろん、伊三次にも髪をやらせてやっているという態度はしなかった。そんな八兵衛の人柄に魅《ひ》かれているからこそ伊三次も十五年以上のつき合いを続けていられるのだ。

正月の二日に伊三次が呼び出されたのは年始回りのために髪を調えるのだろうと思っていたが、どうやら用事はそれだけでなかったらしい。

髭《ひげ》を当たり、髪を結い終わると、八兵衛は正月だからと、祝儀を渡してくれた。手間賃は晦日にまとめて受け取ることになっている。伊三次が礼を言って腰を上げようとすると、八兵衛は「これから急ぎの用がありますかな」と、さり気なく訊いた。

「いえ、本日の仕事はあらかた済ませやした。旦那のご用で仕舞いですよ」

三が日は伊三次もなるべく仕事を入れないようにしている。それでも得意客から呼び出しがあれば断れない。

「そうかい。折り入って伊三次さんに頼みがあるんだがね。聞いて貰えるだろうか」

「手前でできることなら何んなりとおっしゃって下せェ」

伊三次は笑顔で応えた。八兵衛はほっとしたように掌を叩いて女中を呼んだ。茶の催促である。還暦をとうに過ぎた八兵衛は顔に小皺《こじわ》が目立ち、白髪も増えたが、相変わらず弁舌爽やかで、さほど老いを感じさせなかった。

女中が運んで来た茶には花びら餅が添えられていた。味噌と砂糖で煮たごぼうを薄紅色の求肥《ぎゅうひ》で包んだ春らしい菓子である。下戸の伊三次は菓子に目がない。

「どうぞ、やって下さい。ちょうど甘いものがほしい頃ではありませんか」

八兵衛は悪戯っぽい表情で言う。午前の四つ（十時頃）を過ぎた頃で、障子を透かして正月らしい穏やかな陽射《ひざ》しが八兵衛の部屋に注いでいた。

「畏れ入りやす。そいじゃ、遠慮なくいただきやす」

伊三次は喜んで花びら餅を手に取った。しゃきしゃきしたごぼうと味噌の風味が伊三次の舌を喜ばせた。

「うまいですねえ」

伊三次は感歎《かんたん》の声を上げた。

「それはよかった」

言いながら、八兵衛は銀煙管《ぎんぎせる》を手にして一服点《つ》けた。白い煙を吐き出して、実はねえ、浅草の橋場町《はしばまち》に貸家を一軒持っているんですよ、と言った。

「旦那は浅草にも貸家をお持ちだったんですか」

伊三次は茶を啜って驚いた顔になった。

「いやいや、貸家というより、掘っ立て小屋と呼ぶほうがふさわしい代物ですよ。元はわたしの幼なじみが住んでいた家でした。父親の代から鏡研《かがみと》ぎをしておりまして、繁昌していた時期もありましたが、時代の流れで段々いけなくなり、商売を畳んでしまったんですよ。その後は様々な商売に手を出しましたが、どれもぱっとせず、借金ばかりが増えまして、とうとう、わたしに家を買ってくれと縋りついて来たんですよ。そこは鏡研ぎの作業場を兼ねておりましてね、鰻《うなぎ》の寝床のような造りなんですよ。おまけに相当古びておりましたから、わたしも最初は返事を渋ったのですよ。しかし、家を売った金は女房の実家がある大坂へ行くための路銀にすると言ったものですから、そこまで追い詰められていたのかと憐れになり、つい承知してしまったんです」

「さいですか。幼なじみの方《かた》は家を売った金でおかみさんの実家に行かれたんですね。旦那、人助けをなさいやしたね。その申し出を蹴っていたら、今頃幼なじみの方はどうなったかわかりやせんぜ」

「そう思ってくれますか、伊三次さん。万が一、無理心中でもされたら、わたしは一生悔いたはずですよ」

「おっしゃる通りですよ。手前が申し上げるのも何んですが、中古の家を買ったところで翁屋さんのご商売に支障が出る訳もござんせんでしょうから」

伊三次は八兵衛を持ち上げるように言う。

「しかし、女房や倅には無駄遣いだと、大層叱られたものですよ」

八兵衛はさほど嬉しそうでもなく、灰吹きに煙管の雁首を打って灰を落とした。それから湯呑に手を伸ばして茶を啜った。

「その後、その家はどうなさったんで？」

伊三次は話の続きを促した。

「ええ。買ったはいいが、うちの品物の置き場所にするには場所が離れておりますし、使い道のないまま半年ほど空き家にしていました。ところが、それから浅草広小路の岡っ引きの口利きで借り手が現れたんですよ」

「よかったじゃねェですか」

「しかし、そいつも喰わせ者で、店賃を払ってくれたのは最初のみつきぐらいのもので、それからは全く払ってくれませんでした」

八兵衛は苦々しい表情で言う。

「追い出す訳には行かなかったんですか」

「すこぶるつきの変わり者で、うちの手代や番頭に催促させても棒切れを振り回して、話を聞こうとしないのですよ。だいたい、家の周りに野良猫の死骸が幾つも転がっていたんじゃ、誰も気味悪がって近づきませんよ。手代も番頭も、後生だから浅茅《あさじ》が原《はら》の催促だけは勘弁してくれと言い出す始末で」

「浅茅が原？　橋場町じゃなくて？」

伊三次は怪訝な眼で八兵衛を見た。

「その家は、居所は橋場町ですが、浅茅が原の傍に建っているんですよ」

浅茅が原と聞いて、伊三次は背中が少し寒くなった。そこは恐ろしい伝説のある場所だった。

はるか大昔、浅茅が原には奥州や下総国《しもうさのくに》に通じる道があった。しかし、旅人が泊まれる旅籠《はたご》は全くなく、あばら家が一軒あるだけだった。仕方なく旅人はそのあばら家に一夜の宿を求めることになる。そこには老婆と美しい娘が住んでいたが、老婆は泊めた旅人の寝床を襲って殺し、金品を巻き上げて暮らしていたのだ。殺した遺骸は近くの池に捨てていたという。娘は老婆の行ないを度々諌《いさ》めたが、老婆は聞く耳を持とうとしなかった。

老婆の殺した旅人は九百九十九人に及び、ついに千人目の旅人が老婆の家を訪れた。千人目は一人旅の稚児《ちご》だった。老婆はいつものように稚児を泊め、いつものように寝床を襲って殺した。しかし、亡骸《なきがら》をよく見ると、それは稚児に変装したわが娘だった。老婆は自分の行ないを深く悔いた。そこへ稚児が現れ、老婆に自分の正体を明かした。

稚児は浅草寺の観音菩薩《かんのんぼさつ》の化身だったのだ。観音菩薩は老婆の行ないを諌めるためにあばら家を訪れたのだった。老婆は龍の姿となって娘ともども池に消えたという。その伝説は「浅茅が原の鬼婆《おにばば》」あるいは「一つ家《や》の鬼婆」と呼ばれ、広く人々に知れ渡っていた。

「鬼婆のことでも思い出しましたかな」

八兵衛は伊三次の胸の内を読んでいるかのように訊く。

「いえ、別に」

伊三次は慌ててとり繕《つくろ》った。

「あの家の住人は鬼婆でなく、鬼爺《じじ》でしたがね」

八兵衛はそんなことを言う。

「そいつも殺しを？」

「幸い、人は殺しておりません」

「野良猫の死骸が家の周りに転がっていたとおっしゃいやしたが、そいじゃ、野良猫を殺していたんですかい」

「ええ。ただ、憂さを晴らすためにそうしたのではなく、何か目的があったとわたしは考えております」

「どういう男だったんで？」

「元は浅草広小路の近くで町医者をしておりまして、医業はまずまず繁昌していたそうです。だが、その男は医業よりも自分の研究に没頭するようになり、医業もそっちのけとなったのです。患者は離れ、当然、実入りが悪くなり、弟子も家族も男に見切りをつけて出て行ったそうです。それでも男は了簡を入れ替えようとせず、相変わらず怪しげな研究を続けていたのですよ。とうとう、家を手放す羽目になり、住む所もなくなりました。浅草広小路の岡っ引きは男に同情して橋場町の家を世話したんですよ」

「ひどい男に当たったものですね。旦那は店子の素性を調べなかったんですかい」

「面目ありませんが、手続きはうちの番頭に任せ切りでした。わたしも番頭も借り手が現れたことで気がはやってしまい、細かいことには頓着しなかったのですよ」

八兵衛はため息交じりに言った。家主は店賃が入るので人に羨ましがられるが、店子に苦労することもある。また、年月で建物が古びてくれば、手直しもしなければならない。それはすべて家主の掛かりになる。そう考えると家主もさほど実入りのよいものではないな、と伊三次は思う。

「で、ここからが本題なのですが」

八兵衛は改まった顔で座り直した。

「その厄介な店子が亡くなったと知らせが参りました。去年の師走も押し迫った頃でしたな」

「え？」

そいつは好都合じゃねェですか、という言葉が危うく伊三次の口から出そうになった。

辛うじて堪えられたのは、やはり、どんな人間でも、その死を嗤《わら》うことはできないという分別が働いたからだ。

「近所の人間が、近頃どうもあの家の辺りでいやな臭《にお》いがするから、もしや仏さんがいるのではないかと自身番に届けがありまして、あの男の世話をした岡っ引きが調べましたところ、遺骸があったのです。かなり腐敗が進んでおりまして、そうですな、亡くなってふた月やみつきは経っていたようです。年は七十近くだったので、老衰で亡くなったのでしょう」

「それで、遺骸は家族に引き取られたんですかい」

「いや、女房も倅も、もはや縁もゆかりもないからと、引き取りを拒みました。仕方なくその岡っ引きと相談し、近くの寺で荼毘《だび》に付して無縁塚に納めました」

「大変でしたねえ、旦那」

伊三次は気の毒そうに言った。

「それよりも、あの家の後始末が半端じゃないほど骨でしたよ。何しろ、家の中は手のつけようがないほど散らかっていて、おまけに得体の知れない物がたくさんありましてね」

「得体の知れない物ですか」

「ええ。蛇を焼酎に漬けた物やら、いもり、だかやもり、だかの黒焼き、名前も知れないきのこを茶に漬けたものと、様々だった。まともなのは梅干しの瓶《かめ》が幾つかと、昆布とわかめぐらいですかな」

「その男は何を考えてそんな物を集めていたんでしょうね」

「わたしもさっぱりわからなかった。だが、床の間には『無量寿者《むりょうじゅしゃ》』という軸が掛けてありました。それを見て、はたと気づいたのですよ」

「むりょうじゅしゃ？」

もちろん、伊三次にはさっぱり見当がつかなかった。

「無量寿者というのは阿弥陀仏《あみだぶつ》の別称で、限りない寿命を持つ者という意味ですよ」

「つまり、その医者は手前ェも限りない寿命を持とうと、あれこれ策を巡らしていたってことですかい」

「恐らく」

「医者のくせに、この世に生まれた者はいずれ死ぬということを了簡できなかったんですかねえ」

「いや、不老不死を願うのは奴だけに限りません。唐《から》の偉い御仁もそれを願い、東奔西走して不老不死の食べ物を探し回ったと書物にあるそうです」

あまりに突飛な考えで、伊三次は言うべき言葉もなかった。その医者、桐山道有《きりやまどうゆう》が残したがらくたと思《おぼ》しき品の中に、八兵衛がどうしても正体のわからない物があった。それは円柱形の箱に納められていて、蓋をすっぽり被せ、両脇を留め金で固定しているものだった。しかし、その箱の意匠はわが国に見られないので、異国の産であろうと八兵衛は言った。箱には異国の地図も描かれているという。

「お見せしましょうか」

八兵衛は上目遣いで伊三次を見ながら訊く。

「よろしければ……」

伊三次はおずおずと応えた。八兵衛は押入れの襖を開け、下の物入れから箱を取り出した。なるほど、いっぷう変わっている。地図も年月のせいで飴色になっていた。

八兵衛は伊三次の前に持って来ると、両脇の留め金を外し、蓋を開けた。

「うわッ」

伊三次は思わず声を上げ、のけぞった。骨の塊《かたまり》と言おうか、石と言おうか。いや、どちらとも判断できない代物だった。全体は灰白色をしており、所々、匙《さじ》で抉《えぐ》ったような跡があった。抉った跡があるからなおさら気味悪く見える。

「な、何んですか、これは」

伊三次はその物体と八兵衛の顔を交互に見ながら訊いた。

「わかりません。ですから、伊三次さんにこれの正体が何んなのか調べていただきたいのです」

「……」

伊三次は返答に窮して黙った。今まで人捜しや物探しは、さんざんやって来た。だが、そのような訳のわからない物を見るのは初めてだった。

「伊三次さんは市中を歩き廻るので、聞き込みをするのは、そう難しいことではないでしょう。頼まれてくれませんか」

八兵衛は縋る眼になった。

「ですが……」

こんな得体の知れない物をどうやって調べろと言うのか。正月早々、厄介な問題を持ち込まれ、伊三次は内心で腐っていた。

「これは『ヘイサラバサラ』というそうです」

「どういう意味ですか」

「それはわかりません。ほら、ここをごらんなさい」

八兵衛は箱の留め金の辺りを指差す。そこにはカタカナでヘイサラバサラと墨で書かれていた。

「地図に書かれた地名は異国の言葉で読めませんが、これだけは読めます。恐らく奴が書いたのでしょう」

「旦那はこれを調べて、どうなさるおつもりですか」

「もしや危険な品物なら、それなりに手を打たなければならないでしょう。また、その反対に貴重な品なら大切に扱わなければなりません。吉と出るか凶と出るか、伊三次さん、新年早々の運だめしですよ」

八兵衛は笑顔でそう言った。

二

ヘイサラバサラ、ヘイサラバサラ。佐内町の翁屋から家に戻る道々、伊三次はその言葉をぶつぶつ呟いていた。しかし、どうやって調べたらいいのか皆目、見当もつかなかった。

とり敢えず、手始めに薬種屋《やくしゅや》を当たってみるしかない。試しに日本橋の薬種屋を二軒ほど当たったが、案の定、手代も番頭もわからないと応え、埒は明かなかった。両国広小路の米沢町《よねざわちょう》に出向いてみようかとも考えた。米沢町は薬種屋が軒を連ねている界隈である。

しかし、それでも手懸かりが摑めない時はどうするか。同じ町医者なら、八丁堀の松浦桂庵に訊いてみる必要もある。いや、ヘイサラバサラという言葉の意味を探ることが先決かも知れない。しかし、異国の言葉を解する者など伊三次の周りにはいない。伊三次は次第に頭がくしゃくしゃと混乱してきた。

八丁堀の玉子屋新道の自宅に戻るまで、伊三次は詮のないため息を何度もついた。油障子を開けると、土間口に雪駄《せった》が揃えてあった。来客だろうか。

「今、帰《け》ェったよ」

声を掛けると障子が開き、お父《と》っつぁん、お帰り、と息子の伊与太が元気な顔を見せた。伊三次の気持ちはいっぺんに晴れる思いだった。

「おっ師匠《しょ》さんから休みを貰ったのけェ？　藪入《やぶい》りまで待たなきゃならねェと思っていたのよ」

伊三次は早口に言う。久しぶりに見る伊与太は幼さが抜け、一人前の若者の顔になっていた。

「先生は身体の具合がよくなくってさ、師走の半ばから寝たり起きたりの状態なんだよ。先生もおいら達がいれば気が休まらないだろうから、兄さん達と相談しておいらは実家に戻らせて貰うことにしたのさ。急ぎの仕事が入れば、先生の所の女中が呼びに来てくれるって」

伊与太は伊三次の台箱に手を伸ばし、中に引き入れながら言う。細縞《ほそじま》の着物の上に綿《わた》入《い》れ半纏を重ね、すっかり寛いでいる様子である。娘のお吉は手習所の師匠の家へ新年の挨拶に行っていなかった。女中のおふさも自分の家で親子水入らずの時間を過ごしている。家にいたのは女房のお文と伊与太だけだった。

お文も久しぶりに伊与太の顔を見て嬉しそうである。

「おっ師匠さん、大丈夫かな。お文、見舞いを届けなくていいのか」

伊三次は茶の間に上がると、長火鉢の傍に座っているお文に訊いた。

「さっきもその話をしていたんだよ。胃ノ腑が悪い様子だから菓子折やお酒じゃまずいだろうし」

お文は茶を淹れながら応えた。

「何もいらないよ」

伊与太は面倒臭そうに言う。そういう訳には行かない、お文と伊三次の声が重なった。

「そいじゃ、先生は草花が好きだから植木鉢でもどうかな」

伊与太は、ふと思いついて言う。

「見舞いに根つきの物はよくないよ。寝つくってね」

お文はにべもなく応える。

「他に何があるのさ」

伊与太にそう言われても気の利いた物は咄嗟《とっさ》に、お文には出ない様子だった。

「おふさに相談して、何か考えておくよ。さて、昼めしは何んにしようかね」

「おいら、さっき雑煮を喰ったから、まだいいや」

「お前さんは？」

「そうだな。餅を焼いて海苔を巻いて喰うかな」

「おやすいご用だ。どれ」

お文は鉄瓶を脇に置き、台所から網渡しを持って来て五徳《ごとく》の上に載せた。

「伊与太、ちょいとお前ェに絵を描いて貰いてェのよ」

伊三次は翁屋で見たヘイサラバサラを絵にして貰おうという気になっていた。

「何んの絵さ」

「こいつは翁屋の旦那に頼まれたことだが、石のような骨のような塊を見せられてよ、そいつが何か調べてくれと言われたのよ」

「へへえ、おもしろそうだね」

「おもしろくなんてあるものか。こちとら、それほど暇じゃねェわ」

「でも、翁屋の旦那にたってと頼まれたら、お前さんはいやと言えなかったんだろ？」

お文が訳知り顔で口を挟む。

「ああ」

伊三次は低い声で応えた。

「どういうものかな。形は？」

伊与太は懐から小さな画帖を取り出した。中には矢立《やたて》が挟んであった。絵師の修業をしている伊与太は常に画帖と矢立を携え、思いついた物を写すのがくせになっている。

「そうさなあ、差し渡し五寸ほどの塊で、たとえて言うなら、でき損ないのお供えみてェな代物だ」

「これかい?」

伊与太はいびつな円を描いた。

「それでな、所々、匙で抉ったような跡があるのよ」

「その跡は丸いのかい」

「ああ」

「匙で抉るというより、丸くくり抜いた感じかい」

「そうそう」

「跡はたくさんあったのかい」

「いや、みっつ、よっつってところだな。ほんの一寸ほどの跡、いや穴ぼこだ」

伊三次は一生懸命思い出して伊与太に伝えた。

「こんな感じかい」

見せられた画帖には伊三次が見たのと、ほぼ同じ物が描かれていた。

「うまいなあ、伊与太は。これだよ。ヘイサラバサラと言うそうだ」

「ふうん」

伊与太はしばらく自分の描いた物を見ていた。伊与太もそれを見るのは初めてだったらしい。

「翁屋の旦那はそれをどこで手に入れたのだえ」

餅を引っくり返しながらお文が訊く。

「旦那の借家に町医者をしていた爺ィが住んでいたそうだ。その爺ィが死んだんで、後始末をしている内に見つけたらしい。立派な箱に入っていたもんだから、翁屋の旦那も簡単に捨てられなかったらしい」

「薬の類《たぐい》じゃないのかえ」

「薬？　こんな物が薬になるってか？」

「だって、穴が開いてるのは使ったからじゃないのかえ。くり抜いて細かく砕いたんだろう」

お文に言われて、それもそうだと伊三次は合点した。すると、俄に無量寿者という言葉も思い出された。骨のようで骨じゃなし、石のようで石じゃない物は、もしかして不老不死の妙薬かも知れない。世間に知れたら大変なことになる。誰も彼もが翁屋に押し掛け、少しでいいから分けてくれろと縋りつくだろう。翁屋は商売どころじゃなくなるはずだ。内密に事を進めなければならないと伊三次は緊張してきた。

「ねえ、お父っつぁん、死んだ町医者が住んでいた家はどうなったんだい」

伊与太はヘイサラバサラより、それを所有していた町医者に興味を覚えたらしい。

「後始末をしたそうだが、まだそのままになっていると思うぜ」

「おいら、ちょっと見に行きたい」

「見てどうする」

「どうするって言われても困るけど、何か手懸かりになりそうな物があるかも知れないし、変わり者の医者がどんな暮らしをしていたのか興味があるよ」

「おれにつき合うってか」

「お邪魔でなければ」

「お前ェが一緒に行ってくれたら、おれも心強い。よし、明日、浅草に行くとしよう」

「その家は浅草にあるのか。おいらはてっきり、この近所にあると思っていたが」

「浅茅が原のすぐ傍だ。ぼやっとしてると鬼婆の霊にとり憑かれるぜ」

「脅かすなよ」

伊与太は少し顔色を変えた。

「餅が焼けたよう」

お文が呑気な声で言った。伊三次は嬉しそうに長火鉢に向き直った。伊与太は畳に置かれたヘイサラバサラの絵を思案顔で見つめていた。

三

翌日、伊三次と伊与太は日本橋川から舟に乗って浅草へ向かった。猪牙舟《ちょき》で浅草の山《さん》谷堀《やぼり》へ着けるのは吉原通いと変わらない。船頭が、親子で吉原ですかい、などと軽口を叩いたので、伊三次は、むっとした。

「こっちは一人三十二文の手間賃で稼ぐ髪結いだ。吉原で散財する余裕なんざありゃしねェ」

「そいつはどうも、はばかり様で」

船頭は恐縮して首を縮めた。その日も天気はよかったが、大川に出ると川風が冷たく伊三次の顔を嬲《なぶ》った。

「寒くねェか」

伊三次は伊与太を慮る。

「大丈夫だよ。でも、家に戻ったら湯屋に行って温まろうよ」

「そうだな。久しぶりに背中を流してやるよ」

「そいつはおいらの台詞《せりふ》だ」

伊与太は笑顔で応えた。

猪牙舟の手間賃は祝儀をつけたので百文以上になった。首尾よく八兵衛の用事を済ませても、それに見合う駄賃が貰えるかどうか心許《こころもと》ない。いや、日頃、世話になっているので、駄賃のことなど考えては罰が当たる。それに正月だ。少々の出費には眼を瞑《つぶ》ろうと伊三次は思い直した。

橋場町は山谷堀から北へ向かった先にある。

大川沿いを歩いていると、今戸《いまど》町《まち》の辺りでは瓦《かわら》を焼く白い煙が空にたなびいている。その横で子供達の揚げる凧が揺れていた。

のどかだなあと、伊三次がぼんやり空を見上げていると、お父っつぁん、こっちじゃないのかい、と伊与太が訊いた。銭座《ぜにざ》を過ぎて橋場町に差し掛かっていた。ああ、と伊三次は応え、通りを左に折れた。福寿院《ふくじゅいん》という寺から一町ほど離れた所に例の家があった。なるほど今にも崩れ落ちそうな家である。その向こうに浅茅が原が拡がり、すすきがさわさわと揺れていた。

「あれだね」

伊与太はその家を見つめながら言った。

「らしいな。見るからに気持ちが悪いや。死人《しびと》がまだいそうな気もする」

「臆病だな。翁屋さんが後始末をしたんだから、その心配はないよ」

伊与太は笑って伊三次をいなした。

建てつけの悪い油障子を開けると、中は存外、片づいていた。壁際には錆《さび》ついた鋤《すき》と鍬《くわ》が立て掛けられてあり、窓框《まどかまち》には枯れた草花の植木鉢が幾つも並んでいた。十畳ほどの土間の先は、湿って毛羽立っている畳の部屋が続いている。履き物を脱ぐと足袋が汚れそうな気がしたので、二人はそのまま上がった。

「ここは茶の間か寝間だったようだね。やあ、ここにも植木鉢がたくさんある。住んでいた医者は草花が好きだったんだね」

伊与太がそう言うと、どうかな、と伊三次は応えた。きっと、その草花も人の身体によいとされるものだろう。そうまでして長生きしようとした男は老衰で呆気なく死んだ。奴の研究が徒労に終わったと思うと、憐れな気持ちもする。後片づけを終えた家の中には、これと言って手懸かりになりそうなものはなかった。それでも二人はあちこちに注意深い眼を向けていた。

「あれっ、この木端《こっぱ》は何んだろう」

伊与太は窓框に置いてあった空の植木鉢に入っていた木の破片を取り上げて言った。

「ただの木端だろう」

「いや、いい匂いがする。香木《こうぼく》だよ。沈香《じんこう》かも知れない」

「何んだよ、そのジンコウてのは」

香道に縁のない伊三次は怪訝そうに伊与太に訊く。

「これの高級な物は伽羅《きゃら》と呼ぶのさ。伽羅は聞いたことがあるだろ？」

「ああ。着物に焚《た》き染《し》めていい匂いをつけるもんだろう」

「その通りだよ。それ以外を沈香と呼ぶのさ。香木の代表みたいなものさ。水に沈むところから沈香と呼ばれているんだ」

「詳しいじゃねェか」

「先生のお内儀さんが香道を嗜《たしな》むんで、ちょいと教えて貰ったんだよ。でも、これは異国の産だよ。天竺《てんじく》のほうから運ばれて来るそうだ」

「え？」

　伊三次はつかの間、言葉に窮した。ヘイサラバサラも異国の産であるらしい。すると、死んだ医者はどこからそれを手にしたのかと、疑問が湧いた。わが国は鎖国政策をとっているので、異国の品を手にするのは難しい。それでも唐物屋《からものや》に行けば南蛮渡りの品が並んでいる。医者は唐物屋を介してか、あるいは遠く長崎からでもそれを送らせたのかも知れない。浅草広小路の岡っ引きに話を聞く必要もあった。

「これは翁屋さんに渡したほうがいいよ。高価な物だからね」

　伊与太は沈香を差し出す。

「買うとしたら高《た》けェのかい」

　伊三次はそれを袖に落とし込んで訊く。

「よくわかんないけど、一分《ぶ》（一両の四分の一）や二分はするらしいよ。もしかしたら一両もするかも知れない」

「ええっ？」

「だってさ、沈香は木端に見えるけど、実は樹の幹についた傷から黴《かび》みたいなものが入り込んでできた脂《あぶら》なんだよ。言わば樹の精粋さ。おいら達の国じゃできないから、なおさら貴重なんだよ」

「お前ェ、もの知りになったもんだ」

伊三次は感心して息子の顔を見た。

「まあ、こんなことは手習所じゃ教えてくれないけどね」

「絵師の修業ってのも、まんざら無駄じゃねェな」

「そういうこと」

伊与太は得意そうに鼻の下を人差し指で擦《こす》った。死んだ医者が香木を持っていたのは、それも不老不死に関わることなのだろうか。伊三次の疑問は依然、疑問のままだった。

結局、その家で目ぼしい手懸かりは得られなかったが、伊三次はさほどがっかりしていなかった。伊与太と一緒にいられることが嬉しくてならなかったからだ。自分はとことんの親ばかだと内心で苦笑していたが。

「そいじゃ、浅草広小路の自身番に寄って、岡っ引きに死んだ医者の話を聞くとするか」

「まっすぐ帰らないのかい」

「どうもな、桐山って医者のことがもうひとつわからねェのよ。医業を放り出し、弟子や女房子供に出て行かれたのに、役にも立たねェ研究を続けたところがよ」

「なるほど」

「それがわかれば、ヘイサラバサラの手懸かりも摑めそうな気がする」

「おいらはおっ母《か》さんが言ったように薬の類だと思うけど」

「それはおれも考えた。だが、何んに効くのか、正体が何んなのかわからねェ。翁屋の旦那もそれが知りてェのさ」

「わかった。それじゃ、行こうか。でも……」

伊与太は殺風景な部屋をもう一度見回した。

「でも、何よ」

「こんな所に一人で住んで、寂しくなかったのかな」

「さあ」

「きっと寂しかったと思うよ」

「だな」

伊三次は低く相槌を打ったが、自身番へ向かうことに気が急いていた。まだ思案顔の伊与太を促してその家を出た。

岡っ引きの善蔵《ぜんぞう》が詰める自身番は浅草広小路の外れの花川戸町《はなかわどまち》の辻にある。訪《おとな》いを入れると、あいにく善蔵は見廻りに出ていていなかった。書役《かきやく》の男と近くの裏店の差配が火鉢の傍で世間話をしていた。

「手前、廻り髪結いをしておりやす伊三次ってもんです。ちょいと親分に桐山様という町医者のことをお訊ねしたかったんですが、親分はお留守のようなので出直しまさァ」

伊三次がそう言って踵《きびす》を返し掛けると、差配が「桐山先生ならよく知っておりましたよ。お宅様は桐山先生の何をお訊ねになりたいのですか」と言った。

「そのう、橋場町の家は日本橋の翁屋さんが家主でして、翁屋さんは桐山先生がお亡くなりになった後、後始末をなさいやした。家の中は訳のわからねェものばかりだったそうです。で、桐山先生はいってェ、何んのために医業を放り出してまで、そんな物を集めていたのかと疑問に思っていなさるんですよ」

伊三次はヘイサラバサラをはしょって言った。差配は書役を振り返った。書役は心得顔で肯いた。

「どうぞ、中へお入り下さい。おや、そちらはお弟子さんですか」

差配は後ろにいた伊与太に眼を留めて訊く。

「いえ、倅ですよ」

「こんな大きな息子さんがいるとは頼もしい」

差配はつかの間、眼を細めた。

伊三次と伊与太は自身番の座敷に上がり、茶を振る舞われた。常助《つねすけ》という差配は五十がらみの恰幅《かっぷく》のよい男で、書役の亀蔵《かめぞう》は四十がらみの痩せた男だった。

「桐山先生は東仲町《ひがしなかまち》で患者の世話をしておりました。愛想はありませんでしたが、腕がよいと評判でしたよ。子供は息子さんが三人に一番下が娘さんでした。三人の息子さんもそれぞれに医業に就いております。まあ、先生が変わってしまったのは、たった一人の娘さんが病で亡くなったせいでしょうねえ」

常助は気の毒そうな顔で言った。当時十六歳だった娘が具合を悪くし、倒れたのは今から五年前のことだという。当初は風邪を引いただけだろうと思っていたが、高い熱が続き、一向に回復する見込みがなかった。桐山はもちろん、必死で看病したが、その甲斐もなく、とうとう娘は亡くなってしまった。桐山は医者でありながら、たった一人の娘の命も助けられなかったことでひどく自分を責めていたそうだ。気力を失い、患者の脈をとる気にもなれず、部屋に籠《こも》り切りになったらしい。それは無理もないと伊三次は思う。娘のお吉がもしも亡くなったらと考えただけで気がおかしくなりそうだった。

「奥様や息子さん達が慰めても、先生は元気を取り戻さなかったのですよ。それどころか、怒りっぽくなりましてね、奥様に手をあげることも一度や二度じゃなかったんです。お弟子さん達もそんな先生に見切りをつけて出て行くと、奥様も長男さんの家に身を寄せ、それから先生はたった一人で暮らしていたのですよ」

常助はため息交じりに続けた。

「しかし、先生が亡くなった時、ご家族は亡骸を引き取らなかったと聞いておりやす。幾ら何んでも、そこまですることはねェと思いやすが。仮にも長年一緒にいた女房と倅なんですから」

伊三次は納得できなくて言った。

「まあ、あたしらもそれは思っておりました。しかし、先生はご研究のために財産を使い果し、それでも足りずに借金をしていたのですよ。結局、家も手放す羽目になりました。何ひとつ残さずに先生は逝ってしまったんです。残された者は、弔《とむら》いを出せば借金取りが押し掛けると恐れたのかも知れませんね。縁も切れたと言うほかはなかったのでしょう」

そう言われてみると、桐山の女房と息子達の気持ちも伊三次は少しわかるような気がした。

「ちなみに先生のご研究てのは、どういうものだったのかわかりやすかい」

「そこまではわたしもわかりかねますが……」

常助は口ごもった。すると書役の亀蔵が、そりゃ、病に罹らないための薬を作ることですよ、と口を挟んだ。

「病に罹らねェための薬ですかい」

伊三次は亀蔵に眼を向けて訊いた。

「そうです。人は病を得て死ぬことが多いもんです。病に罹らなきゃ、先生の娘さんも死ぬこともなかったはずですよ」

「それで先生は古今東西の身体によいとされる物を集めていたんですかい」

「さようです。野良猫の死骸があったのも、先生が調合した薬を試したせいでしょう」

「死んだら何もなりやせんね」

伊三次は茶化すように言うと、亀蔵はくすりと笑い、全くです、と応えた。

「先生は南蛮渡りの品も集めていたようですが、それはどこから手に入れたんでしょうね」

「それは初耳ですな。大家さん、何か心当たりはありますか」

亀蔵は茶を淹れ代えていた常助に訊いた。

「先生はお若い頃、長崎に遊学していたことがありますから、そちらのつてで取り寄せたのかも知れませんよ」

「そうですかい……いや、お手間を取らせて申し訳ありやせん。そいじゃ、手前どもはこれで」

伊三次はそう言って頭を下げた。岡っ引きの善蔵に話を聞けなかったのは残念だが、桐山が娘の死をきっかけに研究なるものに没頭して行ったのはわかった。それだけでも収穫だった。ヘイサラバサラの入手経路は恐らく長崎だろう。

「娘が亡くなると、父親はこたえるんだね」

自身番の外に出ると、伊与太はぽつりと言った。

「倅が死んでも同じだろうよ」

「………」

「子供は親より先に死んじゃ駄目だってことさ」

「そうだねえ」

「お前ェにも言っておくぜ。お前ェはおっ母さんとおれの弔いを出してから死んでくれ。決してその前はならねェ」

伊三次は言葉に力を込めた。父親として伊三次が子供達に求めることはそれが一番だった。

伊与太は殊勝に肯いたが、ふと西のほうへ視線を向けた。

「何んだ？」

「いや、下谷の新寺町って、この近所かなと思っただけだよ」

不破友之進の娘が奉公する蝦夷・松前藩の上屋敷はそこにあった。

「ちょいとお屋敷を外から眺めるけェ？」

「いや、いい。お嬢がちゃんと奉公しているのか、少し気になっただけさ」

「でェじょうぶだ。茜お嬢さんは家にいれば我儘だが、出る所に出ればちゃんとやる娘だ」

「そうだよね。お嬢はしっかりしているから」

伊与太は思い直して笑顔になった。陽気もいいことから、二人はぶらぶら歩きながら八丁堀を目指した。途中、蕎麦でもたぐろうとしたが、三が日ということもあり、店はどこもやっていなかった。玉子屋新道に戻った時は、伊三次も伊与太も腹の皮が背中にくっつきそうだった。

四

三が日が過ぎると、途端に伊三次の仕事も忙しくなり、ヘイサラバサラのことに構っている暇もなくなった。それでも八兵衛が待っているだろうと気になり、伊与太が別に描いてくれた絵を携えて米沢町の薬種屋を何軒か当たったが、ヘイサラバサラなどと奇妙な名前の品にどこの店も心当たりはなかった。

伊与太は手習所の師匠だった笠戸《かさど》松之丞《まつのじょう》にヘイサラバサラの意味を訊ねてくれたようだが、博識な松之丞にも手に余ったらしい。ただ、その言葉は、わが国では聞いたことがないので、蘭語（オランダ語）を解する友人に問い合わせてみようと言ってくれたそうだ。言葉の意味さえわかれば正体は摑めるはずだと伊三次も大いに期待して待っていた。

しかし、十日経っても、半月経っても松之丞からは何んの音沙汰もなかった。

伊三次が仕事を終え、家に戻って晩めしを食べている時に伊与太がぽつりと言った。

「ヘイサラバサラは蘭語じゃなかったのかな」

松之丞から返事のないことで、伊与太はそう考えたらしい。

「かも知れねェな」

伊三次も低い声で応えた。異国と言ってもその数は伊三次が想像しているよりはるかに多いだろう。遣う言葉も様々なはずだ。するとヘイサラバサラの意味を知ることは俄に至難の業《わざ》に思えてきた。

「あれは桐山って医者が娘のために取り寄せたと思うんだけど、お父っつぁんはどう思う？」

「いや、あの医者は娘が死んでから研究を始めたそうだから、その後じゃねェのか」

「それもそうだね。ああ、堂々巡りだ。頭がこんがらがるよ。夢にまで出てくるんだぜ」

「もう考えるな。翁屋の旦那にはどうしてもわかりやせんでしたと頭を下げりゃいいんだから」

「それはそうだけど、何んだかすっきりしない」

「ねえ、何んの話？」

娘のお吉が煮豆をつまみながら訊いた。今夜、お文は呉服屋の旦那衆の新年会があるので、そこにはいなかった。女中のおふさも晩めしの用意をすると家に帰っていた。

「お前ェ、ヘイサラバサラって言葉を聞いたことがあるか」

伊三次は試しにお吉に訊いた。

「ヘイサラバサラ？　聞いたこともない」

お吉はにべもなく応えた。

「ほらお吉、こんな物だよ」

伊与太は画帖を取り出してお吉に見せた。

お吉はしばらく、伊与太の絵をじっと見ていたが、「これの色はどんななの」と訊いた。

「おれが見たのは薄汚れた白い色だったが」

伊三次は八兵衛から見せられたヘイサラバサラの色を思い出して言った。

「それならわからないよ」

「それならって、他の色だったら心当たりがあるのけェ？」

伊三次は途端に色めき立った。

「多分、違うと思うけど。あたしが見たのはこんなに大きくなかったし、それに色だって赤黒かったから」

「ど、どこで見たのよ」

伊三次は意気込んで訊く。

「さとちゃんが持っていたの」

「佐登里が？」

佐登里はおふさの息子のことだった。

「比丘尼橋《びくにばし》のももんじ屋の小父《おじ》さんから貰ったと言っていたよ。ほんの握り拳ぐらいの大きさの石みたいなものよ。あたしは気持ちが悪かったけれど、さとちゃんは宝物にするんだって喜んでいたよ」

ももんじ屋はももんじい屋、あるいはけだもの屋とも言い、猪、鹿、狸の肉などを食べさせる見世だ。獣の肉は滋養に効果があると言われている。近頃は薬喰いと称してもももんじ屋を訪れる客も増えていた。

「どうして佐登里はももんじ屋を知っているのよ」

「おふささんの実家のお父っつぁん、近頃、元気をなくしているので、おふささんが実家に帰る時に肉を買ってお土産にしたの。その時に貰ったのよ」

「で、その石みてェな物をももんじ屋の親仁は何んだと言っていたのよ」

伊三次は早口に訊いた。

「馬の玉だって」

「馬の玉？」

伊与太は素《す》っ頓狂《とんきょう》な声を上げ、それから噴き出すように笑った。

「もう、兄さん、笑い過ぎだよ。馬の玉はね、馬のお腹にできた石のことよ。兄さん、変なことを考えたでしょう」

「変なことって何よ」

伊与太は悪戯っぽい表情で揚げ足を取る。お吉はぷんと膨れて、そっぽを向いた。

「伊与太、お吉をからかうな。ももんじ屋の親仁は他に何か言っていなかったか」

伊三次はお吉に話を促した。

「さとちゃんが熱を出したら、それを削って飲めと言ったそうよ」

「熱を下げる薬になるのか」

「まだ試しちゃいないけどね」

馬の餌は秣《まぐさ》がおおかただろう。それがどうして腹に石を作るのか伊三次は不思議だった。

お吉は、馬の玉は赤黒かったと言ったが、他の獣によっては石の色も変わるような気がした。

「伊与太、お前ェ、どう思う」

伊三次は伊与太に訊いた。

「ヘイサラバサラは馬の玉に似ているね。お吉、佐登里に、おいらが馬の玉を見たがっていると言ってくれ」

「わかった」

お吉は素直に応え、晩めしを終えると勝手口から出て行った。ほどなくお吉は佐登里を連れて戻って来た。馬の玉は菓子箱に大切に収められていた。

「兄さん、馬の玉が好きかい」

佐登里は眼を輝かせて伊与太に訊く。

「別に好きという訳でもねェが」

伊与太は苦笑交じりに応えた。佐登里は以前より背丈が伸びたが、あまり身体に肉がついていなかった。それがおふさの当面の悩みだった。

目の前に現れた馬の玉は、なるほど赤黒い色をしていて、気色のよいものではなかった。ヘイサラバサラとはどこか違って感じられる。

伊三次は盛んに首を傾げた。見た目に比べてさほど重くはなかった。かと言って軽石のようでもない。

「ももんじ屋の親仁は、これをどこで手に入れたんだろうな」

伊三次が独り言のように呟くと、佐登里は「獣の肉を捌いた時に出て来たんだって。時々出るそうだよ。色もね、緑色もあれば、ねずみ色のもある。おいら、赤が好きだからこれを貰ったんだ」と言った。

「馬には様々な色の石ができるんだな」

「違うよ。牛でも豚でも羊でも、出て来た石は皆んな馬の玉と呼ぶんだよ」

それを聞いて、伊三次は、はたと膝を叩く思いだった。間違いない。ヘイサラバサラも何かの獣の腹にできた石だろう。図体のでかい獣となれば牛や馬、もしくは熊になるのかも知れない。

「ようやく正体が知れたね」

伊与太は夜が明けたような顔で伊三次に言った。

「ああ。だが、念のため、明日は松浦先生の所に行って確かめてみる。先生ならきっと知っているはずだ」

「お父っつぁんは馬の玉のことを調べていたの？」

お吉は怪訝そうに訊く。

「ああ。結構、手間を喰ったぜ」

「あたしに相談してくれたら話は早かったのに」

お吉は不満そうだった。

「ごめん、ごめん」

「あたしは子供じゃないんですからね、いつまでも蚊帳《かや》の外に置いたら承知しないよ」

お吉は、きゅっと伊三次を睨んだ。その表情はお文とうり二つだった。

五

翌日、伊三次は亀島町の不破家の髪結いご用を済ませると、その足で松浦桂庵の家に向かった。桂庵の家には朝から患者が押し掛け、相変わらず繁昌の様子だった。話を聞くために時間を約束して引き上げようとしたが、桂庵は診療を息子に任せ、ま、いいから、こちらへどうぞ、と伊三次を母屋《おもや》へ促した。

小石川《こいしかわ》の養生所にいた三男を呼び寄せてから、桂庵もずい分、身体が楽になったらしい。

一時は一人で患者を診ていたので、ろくに寝る暇もなかったという。桂庵は伊三次に茶を勧めて、お話を伺いましょうかと、おもむろに口を開いた。

伊三次は八兵衛から依頼されたヘイサラバサラのことを手短に話し、それを所持していたのが桐山という医者であることも打ち明けた。

「偶然、うちの女中の倅がもんじ屋の親仁から馬の玉を貰いやして、ヘイサラバサラもその類じゃねェかと当たりをつけた次第で」

「なるほど。ヘイサラバサラは葡萄牙《ポルトガル》語でしてな、石、もしくは結石という意味になります。わが国では馬の玉、医者が遣う用語としては鮓荅《さとう》になります。主に解毒剤に使われますが、なぜか雨乞いのまじないに用いられることもあります」

「さとうですかい？　あの舐《な》めたら甘い砂糖のことですかい」

「いいえ、読みは同じでも字が違います」

　桂庵はそう言って傍らの反故《ほご》紙に字を書いて教えてくれた。

「どうして腹の中に石ができるんでしょうね」

「草を食《は》む獣の腸に、まま見られます。草の養分に何か石になるものが含まれているのでしょうな。獣に限らず、人の身体にもできますぞ」

「え？　そうなんですか」

「急に差し込みが来て、しゃがみ込む人がおりますが、あれは石のせいです。石が身体の中で暴れるからです。安静にしておればじきに治りますが」

「先生に最初にお訊ねしていればよかったですよ。あちこち歩き廻って余計な手間ばかり喰いましたよ」

伊三次はくさくさした表情で言った。

「いや、ものごとは苦労して覚えるのがいいのです。ところで、桐山という町医者のことはわしも知っておりました。豪気な人でしたな。外科の手術については右に出る者がおりませんでした。娘さんが亡くなったのは知りませんでした。お気の毒なことで」

桂庵はそう言って表情を曇らせた。

「豪気なお人でも娘が死んだとなると、へなへなになるんですね」

「誰でもそうでしょう。あの人がそこまで研究に没頭したのは娘さんの供養でもあったのだとわしは思います。翁屋さんは迷惑を蒙《こうむ》ったようですが、そこのところをよっく話してやって下さい。きっと、翁屋さんもわかって下さるはずですよ」

桐山道有は娘の供養のために孤独に耐えながら研究を続けたのだ。それは父親の情愛にほかならない。ここに来て、伊三次はようやく桐山の気持ちが理解できた。

「何より、とびきり大きなヘイサラバサラを手に入れたのですから翁屋さんも損はなかったでしょう」

桂庵は悪戯っぽい表情で続ける。

「あれを抱えていた獣は何んでしょうか」

「異国の産だそうですが、牛か馬になるのでしょうな。異国にはとんでもなく図体のでかい牛や馬もいるそうですから。そうそう、鯨にも石ができます。それは竜涎香《りゅうぜんこう》と呼ばれる香料になります」

「不思議なもんですね。手前には初めて聞くことばかりですよ。ところで、先生はこの世に不老不死の妙薬があると思いやすか」

伊三次はふと、思いついて訊いてみた。だが、桂庵は愉快そうに笑って、そんなものがあったら、この世に医者はいりませんよ、と応えた。

不老不死は人間の理想に過ぎないのだと伊三次もようやく納得した。


伊三次が翁屋を訪れたのは、その翌日のことだった。八兵衛もヘイサラバサラの正体がわかり、すっきりした表情だった。

「それではわたしも熱が出た時は試してみましょう」

八兵衛は嬉しそうに言う。

「効果が期待できるかどうかは、わからないそうですが」

「これが傍にあることで安心できます」

「それもそうですね。あと、橋場町の家を調べた時、こんな物も出て来ました」

伊三次は袖から沈香を取り出した。

「ほう、香木ですかな」

「沈香だそうです。買うとなったら大層高直だとか」

「おっしゃる通りですよ。いやあ、これは嬉しいなあ。さっそく焚いて香りを楽しむとしますか」

「ですから、桐山先生から受けた迷惑のことはどうぞ水に流して下せェやし。手前からもお願げェ致しやす」

そう言うと、八兵衛は驚いた顔で伊三次を見た。

「あの男に同情しているのですか」

「娘さんを亡くしているんですよ。十六歳の娘盛りだったそうです。それを思うと憐れになりましてね」

「なるほど、伊三次さんらしい。そうですな、わたしも男だ。いつまでも損をしたとは思いますまい」

「いやあ、それでこそ翁屋さんだ。江戸の分限者だ」

伊三次は大袈裟なほど八兵衛を持ち上げた。

桐山道有の最期はみじめなものだったが、桐山自身は後悔していなかっただろう。できる限り、人の身体によいとされる品を掻き集め、日夜、研究していたのだ。松浦桂庵は不老不死の妙薬などこの世にないと言っていたが、桐山が求めていたのは、まさにそれだった。

しかし、と伊三次は考える。不老不死は、はたして本当に倖《しあわ》せなことなのだろうかと。人は生まれて寿命が尽きた時にぽきりと死ぬ。それが悪いこととは思えなかった。自分は家族のために一生懸命働き、伊与太とお吉を一人前にし、孫の顔を見て死にたい。

お父っつぁん、逝かないで。じいちゃん、死なないでと惜しまれながら息を引き取るのは何んて倖せな最期だろうか。翁屋を出て、次の丁場《ちょうば》へ向かいながら、伊三次はしみじみそんなことを考えていた。商売道具の入った台箱を持ち直すと、袖から微かな香りが立ち昇った。沈香の香りだった。

この世には人が想像もできない不思議なものがある。それを知ることも生きていればこそだ。するとヘイサラバサラも沈香も生きている証に思えて来る。それらは決して人のためになる目的でこの世に現れた訳でもないのに。人は自然の様々な恩恵を受けて生きている。いや、生かされているのだと伊三次は思う。

正月から伊三次は忙しい目に遭わされた。この一年もばたばたと忙しく過ごすことになりそうだ。しかし、伊三次はそれがいやでなかった。気がつけば、正月も晦日近くになった。見上げた空には、もはや春の気配が感じられた。

文庫のためのあとがき

宇江佐　真理

伊三次シリーズをオール讀物に隔月で書くようになると、当然、単行本に纏めるのも早くなり、それを追い掛けるように文庫の刊行も続く。特に昨年は文春文庫四十周年記念の年に当たり、初めて文庫書下ろしなるものにも挑戦させていただいた。それが無事に刊行され、やれやれと、ほっとしたのもつかの間、「明日のことは知らず」の文庫版のゲラが、すぐさま舞い込んだ。作者としては嬉しい悲鳴であるが、こんなに立て続けに出して、読者が眼を回しているのではないかと心配になる。

前作「心に吹く風」のあとがきで、私は自分の病気のことに触れた。そのためにたくさんの人々にご心配をお掛けしてしまった。この場をお借りして深くお詫びしたい。

病気を抱えておられる作家さんの中には作品がすべてと考え、私的なことを口外なさらない方も多い。私は別に知られても構わないと考える人間なので、ぺらぺらと語ってしまったが、これほど心配されるとは、正直、思っていなかった。少し配慮に欠けていたようだ。すみません。

お蔭様で体調は今のところ安定しているが、何しろ予断を許さない情況であることには変わりなく、本作の「明日のことは知らず」のタイトル通り、先のことはわからないのである。

それでも身体が動く内は、伊三次シリーズの執筆は続くことになるだろうし、単行本、文庫が出る時はゲラも読まねばならない仕事がたくさんあるので、私は徒《いたずら》に自分の病気を考えている暇はないのである。しなければならない仕事がたくさんあるので、ある意味、それは私にとってよいことなのかも知れない。四六時中、病気のことを考えていたところで、治る訳でもなし。

昨年は長野県の御嶽山が噴火し、多くの犠牲者が出た。何ということだろう。病気を患っていなくても、そういう形で命を落とすのかと、私は深いため息が出た。噴火の予兆を察知できなかったことが、つくづく悔やまれる。読者の皆様には、山の噴火に限らず、事故にはくれぐれも気をつけていただきたい。

気をつけるということだけでも、災難を回避できる場合があると思うのだ。

さて、「明日のことは知らず」については、是非とも申し上げたいことがひとつある。年配の読者の方は、すでに気づかれているかも知れない。それは本作に収録されている「やぶ柑子」という作品についてである。

文春の校閲の方は、雑誌に掲載された段階で、これは時代劇映画の「人情紙風船」とよく似ていると、いち早く指摘された。

はい、おっしゃる通り、「やぶ柑子」は「人情紙風船」を踏襲している。パクリと言われても仕方がない。「人情紙風船」は昭和十二年に封切となった古い映画で、監督の山中貞雄さんは、この映画の封切の日に赤紙が届き、軍隊に召集され、そのまま戦死なさった。まだ二十八歳の若さだった。ご本人はさぞかし無念だったことだろう。無事に帰還されていたなら、私達は山中さんが監督する映画をもっとたくさん見ることができたはずだ。昭和十二年当時はＣＧという技術もまだ発達しておらず、たとえば監督が納得する空の風景になるまで何日も待つのが珍しくなかったという。その甲斐があって、雨上がりの空がすばらしく美しい。また、舗装されていない道路には幾つも小さな水たまりができる。それを注意深くよけながら歩く俳優達を見て、私の子供の頃の景色もこうだったと懐かしく思い出す。着物を着た俳優達の所作もこなれている。古い時代劇映画は懐かしさとともに時代考証の勉強ともなるのだ。

「人情紙風船」のストーリーは「やぶ柑子」とほぼ同じだが、最後は全く違う。映画では浪人の妻が、夫が悪事に加担したと早とちりして、夫を殺し、自分も自害するという悲惨な結末になっている。夫婦のはかない人生を象徴するかのように紙風船がどぶの傍《そば》に転がって行く場面で映画は終わる。私はその最後があまりに悲しく、救いのないことに涙をこぼした。

しかし、山中監督はその時、まだ二十八。そういう終わり方に迷いはなかったのだろう。ハッピー・エンドなんて、世の中にはそうそうないものだとばかり。

あるいはご自分のはかない人生を知らずに予感していたのだろうか。

私は浪人夫婦が幸せになる道はなかったのかと、しばらく悩んでいた。甘い考えと言われようが、現実の世界は苦渋に満ちている。せめて物語世界でだけは読者に夢を見せてあげたいと考えるに至った。それが「やぶ柑子」になった。山中監督へのオマージュと言えば聞こえはいいが、何の、私は自分が溜飲を下げたいがために書いたようなところがある。

僭越至極とお叱りの声を承知で申し上げた次第である。私はこういう女である。平にご容赦のほどを。

また、小道具となった紙風船であるが、これは大正時代から出て来た玩具で、厳密な意味では江戸時代になかったことも調べてわかった。山中監督がそれをご存じだったかどうかは、今となってはわからない。だが、中がからんどうの紙風船は、映画にはどうしても必要なものに思える。他のものは、ちょっと考えられない。あれはあれでよかったのだ。

ということで、私も浪人の妻が内職にするものを敢《あ》えて紙風船にした。度々の非礼をお許し願いたい。

「やぶ柑子」の中の浪人はついに仕官し、新たな人生に向かって旅立って行った。読者がそれをお気に召していただければ幸いである。

また新たな一年が始まる。昔はよかったと言ったところで、時間は前に進んで行くばかり。過去を振り返っても仕方がない。私の病状が悪化して、よれよれのぼろぼろになっても、どうぞ同情はご無用に。私は小説家として生きたことを心底誇りに思っているのであるから。

今シリーズは「あやめ供養」、「赤い花」、「赤のまんまに魚そえて」、「明日のことは知らず」と「あ」で始まるタイトルが続いた。どうせなら最後まで「あ」にこだわるべきだと思うかも知れない。後の二作を別にしたのは心変わりもあるけれど（笑）、やはり、小説は、遊戯ではないと気づいたからである。真摯に向き合うことが肝腎でもあろう。ということで、よろしければご笑読のほどを。

デビュー二十周年の宇江佐より。

単行本　二〇一二年八月　文藝春秋刊

文春文庫

明日《あす》のことは知《し》らず
髪結《かみゆ》い伊三次捕物余話《いさじとりものよわ》

定価はカバーに
表示してあります

2015年1月10日　第1刷

著　者　宇江佐真理《うえざまり》

発行者　羽鳥好之
発行所　株式会社 文 藝 春 秋

東京都千代田区紀尾井町 3-23　〒102-8008
T E L　03・3265・1211
文藝春秋ホームページ　http://www.bunshun.co.jp

落丁、乱丁本は、お手数ですが小社製作部宛お送り下さい。送料小社負担でお取替致します。

印刷・凸版印刷　製本・加藤製本

Printed in Japan
ISBN978-4-16-790272-8

（　）内は解説者。品切の節はご容赦下さい。

宇江佐真理
幻の声
髪結い伊三次捕物余話

町方同心の下で働く伊三次は、事件を追って今日も東奔西走。江戸庶民のきめ細かな人間関係を描き、現代を感じさせる珠玉の五話。選考委員絶賛のオール讀物新人賞受賞作。（常盤新平）

う-11-1

宇江佐真理
余寒の雪

女剣士として身を立てることを夢見る知佐は、江戸で何かを見つけることができるのか。武士から町人まで人情を細やかに描く七篇。中山義秀文学賞受賞の傑作時代小説集。（中村彰彦）

う-11-4

宇江佐真理
黒く塗れ
髪結い伊三次捕物余話

お文は身重を隠し、お座敷を続けていた。伊三次は懐に余裕がなく、お文の子が逆子と分かり心配事が増えた。伊三次を巡る人々に幸あれと願わずにいられないシリーズ第五弾。（竹添敦子）

う-11-6

宇江佐真理
桜花《さくら》を見た

隠し子の英助が父に願い出たこととは。刺青判官遠山景元と落し胤《だね》との生涯一度の出会いを描いた表題作ほか、蠣崎波響など実在の人物に材をとった時代小説集。（山本博文）

う-11-7

宇江佐真理
君を乗せる舟
髪結い伊三次捕物余話

不破友之進の息子が元服して見習い同心・龍之進に。朋輩とともに「八丁堀純情派」を結成した龍之進に「本所無頼派」の影が立ちはだかる。髪結い伊三次捕物余話第六弾。（諸田玲子）

う-11-8

宇江佐真理
蝦夷拾遺　たば風

幕末の激動期、蝦夷松前藩を舞台にし、探検家・最上徳内など蝦夷の地で懸命に生きる男と女の姿を描く。函館在住の著者が郷土愛を込めて描いた、珠玉の六つの短篇集。（蜂谷　涼）

う-11-9

宇江佐真理
雨を見たか
髪結い伊三次捕物余話

伊三次とお文の気がかりは、少々気弱なひとり息子、伊与太の成長。一方、不破友之進の長男・龍之進は、町方同心見習いとして「本所無頼派」の探索に奔走する。シリーズ第七弾。（末國善己）

う-11-10

（　）内は解説者。品切の節はご容赦下さい。

宇江佐真理
大江戸怪奇譚　ひとつ灯せ

ほんとうにあった怖い話を披露しあう「話の会」の魅力に取り憑かれたご隠居に、奇妙な出来事が……。老境の哀愁と世の奇怪が絡み合う、宇江佐真理版「百物語」。（細谷正充）

う-11-11

宇江佐真理
ウエザ・リポート　笑顔千両

妻であり、母であり、作家である——。髪結い伊三次シリーズで人気の女流作家が初めて素顔を明かしたエッセイ集。創作秘話とともに、一人三役をこなす多忙にして愉快な日々が綴られる。

う-11-12

宇江佐真理
江戸前浮世気質　おちゃっぴい

鉄火伝法、やせ我慢、意地っ張り、おせっかい、道楽三昧…。面倒なのになぜか憎めない江戸の人々を、絶妙の筆さばきで描いた、大笑いのちホロリと涙の傑作人情噺。（ペリー荻野）

う-11-13

宇江佐真理
我、言挙げす
髪結い伊三次捕物余話

市中を騒がす奇矯な侍集団。不正を噂される隠密同心。某大名の姫君失踪事件……。番方若同心となった不破龍之進は、伊三次や朋輩とともに奔走する。人気シリーズ第八弾。（島内景二）

う-11-14

宇江佐真理
河岸の夕映え　神田堀八つ下がり

御厩河岸、竈河岸、浜町河岸……。江戸情緒あふれる水端を舞台に、たゆたう人々の心を柔らかな筆致で描いた、著者十八番の人情噺。前作『おちゃっぴい』の後日談も交えて。（吉田伸子）

う-11-15

宇江佐真理
今日を刻む時計
髪結い伊三次捕物余話

江戸の大火ですべてを失ってから十年。伊三次とお文はあらたに女の子を授かっていた。若き同心不破龍之進も、そろそろ身を固めるべき年頃だが……。円熟の新章、いよいよスタート。

う-11-16

宇江佐真理
心に吹く風
髪結い伊三次捕物余話

絵師の修業に出ている一人息子の伊与太が、突然、家に戻ってきた。心配する伊三次とお文をよそに、伊与太は奉行所で人相書きの仕事を始めるが……。大人気シリーズもついに十巻に到達。

う-11-17

（　）内は解説者。品切の節はご容赦下さい。

安部龍太郎
バサラ将軍
新旧の価値観入り乱れる室町の世を男達は如何に生きたか。足利義満の栄華と孤独を描いた表題作他「兄の横顔」「師直の恋」「狼藉なり」「知謀の淵」「アーリアが来た」を収録。（縄田一男）
あ-32-1

安部龍太郎
金沢城嵐の間
関ヶ原以後、新座衆の扱いに苦慮する加賀前田家で、家老の罠に落ちた武辺の男・太田但馬守。武士が腑抜けにされる世に、義を貫かんと死に赴く男たちの美学を描く作品集。（北上次郎）
あ-32-2

荒俣　宏
帝都幻談（上下）
天保11年、江戸を妖怪どもが襲います。その危機に平田篤胤、遠山奉行らが立ち向かう。下巻では時代を嘉永6年に移し平田鉄胤と妻・おちょうが江戸を再び襲う化け物たちと対峙します。

あ-37-2

浅田次郎
壬生義士伝《みぶぎしでん》（上下）
「死にたぐねえから、人を斬るのす」——生活苦から南部藩を脱藩し、壬生《みぶ》浪と呼ばれた新選組の中にあって人の道を見失わなかった吉村貫一郎。その生涯と妻子の数奇な運命。（久世光彦）
あ-39-2

浅田次郎
輪違屋《わちがいや》糸里《いとさと》（上下）
土方歳三を慕う京都・島原の芸妓・糸里は、芹沢鴨暗殺という、新選組の内部抗争に巻き込まれていく。大ベストセラー『壬生義士伝』に続き、女の〝義〟を描いた傑作長篇。（末國善己）
あ-39-6

浅田次郎
一刀斎夢録（上下）
怒濤の幕末を生き延び、明治の世では警視庁の一員として西南戦争を戦った新選組三番隊長・斎藤一の眼を通して描き出される感動ドラマ。新選組三部作ついに完結！（山本兼一）
あ-39-12

あさのあつこ
燦　—3—　土の刃
「圭寿、死ね」。江戸の大名屋敷に暮らす田鶴藩の後嗣に、闇から男が襲いかかった。静寂を切り裂き、忍び寄る魔の手の正体は。そのとき伊月は、燦は。文庫オリジナルシリーズ第三弾。

あ-43-8

（　）内は解説者。品切の節はご容赦下さい。

あさのあつこ
燦　―4―　炎の刃
「闇神波は我らを根絶やしにする気だ」。江戸で男が次々と斬りつけられる中、燦は争う者の手触りを感じる。一方、伊月は圭寿の亡き兄の側室から面会を求められる。シリーズ第四弾。
あ-43-11

あさのあつこ
火群《ほむら》のごとく
兄を殺された林弥は剣の稽古の日々を送るが、家老の息子・透馬と出会い、政争と陰謀に巻き込まれる。小舞藩を舞台に少年の友情と成長を描く、著者の新たな代表作。（北上次郎）
あ-43-12

秋山香乃
総司　炎《ほむら》の如く
新撰組最強の剣士といわれた沖田総司。芹沢鴨暗殺、池田屋事変など、幕末の京の町を疾走した、その短くも激しく燃焼し尽くした生涯を丹念な筆致で描いた新撰組三部作完結篇。
あ-44-3

荒山　徹
サラン・故郷忘じたく候
雑誌発表時に「中島敦を彷彿《ほうふつ》させつつ、より野太い才能の出現を私は思った」（関川夏央）と絶賛された「故郷忘じたく候」他、日本と朝鮮半島の関わりを斬新な切り口で描く短篇集。（末國善己）
あ-49-1

梓澤　要
越前宰相秀康
徳川家康の次男として生まれながら、父に疎まれ、秀吉の養子に出された秀康。さらには関東の結城家に養子入りした彼はその後越前福井藩主として幕府を支える。（島内景二）
あ-63-1

青山文平
白樫の樹の下で
田沼意次の時代から清廉な松平定信の息苦しい時代への過渡期。いまだ人を斬ったことのない貧乏御家人が名刀を手にしたとき、何かが起きる。第18回松本清張賞受賞作。（島内景二）
あ-64-1

井上　靖
おろしや国酔夢譚
鎖国日本に大ロシア帝国の存在を知らせようと一途に帰国を願う漂民大黒屋光太夫は女帝に謁し、十年後故国に帰った。しかし幕府はこれに終身幽閉で酬いた。長篇歴史小説。（江藤　淳）
い-2-1

（　）内は解説者。品切の節はご容赦下さい。

逢坂 剛
道連れ彦輔
なりは素浪人だが、歴とした御家人の三男坊・鹿角彦輔。彦輔に道連れの仕事を見つけてくる藤八、蹴鞠上手のけちな金貸し・鞠婆など、個性豊かな面々が大活躍の傑作時代小説。（井家上隆幸）
お-13-13

逢坂 剛
伴《ば》天《て》連《れん》の呪い
道連れ彦輔2
彦輔が芝の寺に遊山に出かけたところ、隣の寺で額に十字の焼印を押された死体が発見される。そこは切支丹の伴天連が何十人も火炙りにされた場所だった！　好評シリーズ。（細谷正充）
お-13-14

乙川優三郎
生きる
亡き藩主への忠誠を示す「追腹」を禁じられ、白眼視されながら生き続ける初老の武士。懊悩の果てに得る人間の強さを格調高く描いた感動の直木賞受賞作など、全三篇を収録。（縄田一男）
お-27-2

乙川優三郎
闇の華たち
計らずも友の仇討ちを果たした侍の胸中を描く「花映る」ほか、封建の世を生きる男女の凛とした精神と、苛烈な運命の先に輝くあたたかな光を描く。名手が紡ぐ六つの物語。（関川夏央）
お-27-4

奥山景布子
源平六花撰
屋島の戦いで、那須与一に扇を射抜かれたことから疎まれるようになった平家の女の運命は――。落日の平家をめぐる女人たちの悲哀を、華麗な文体で描いた短編集。（大矢博子）
お-63-1

海音寺潮五郎
田《た》原《ばる》坂《ざか》
小説集・西南戦争
著者が最も得意とした〃薩摩もの〃の中から、日本最後の内乱となった西南戦争に材をとった作品と、新たに発見された未発表作品「戦袍日記」を含めて全十一篇を贈る。（磯貝勝太郎）
か-2-59

海音寺潮五郎
茶道太閤記
天下人秀吉を相手に一歩も引かなかった誇り高き男・千利休。二人の対立を、その娘お吟と北政所らの繰り広げる苛烈な人間模様を通して描く。千利休像を一新させた書。（磯貝勝太郎）
か-2-60

（　）内は解説者。品切の節はご容赦下さい。

加藤 廣
信長の棺（上下）
消えた信長の遺骸、秀吉の中国大返し、桶狭間山の秘策――。丹波を訪れた太田牛一は、阿弥陀寺、本能寺、丹波を結ぶ〝闇の真相〟を知る。傑作長篇歴史ミステリー。（縄田一男）
か-39-1

加藤 廣
秀吉の枷（全三冊）
「覇王（信長）を討つべし！」竹中半兵衛が秀吉に授けた天下取りの秘策。異能集団〈山の民〉を伴い天下統一を成し遂げ、そして病に倒れるまでを描く加藤版「太閤記」。（雨宮由希夫）
か-39-3

加藤 廣
安土城の幽霊
「信長の棺」異聞録
たった一つの小壺の行方が天下を左右する。信長、秀吉、家康と持ち主の運命に大きく影響した器の物語を始め、「信長の棺」外伝といえる著者初めての歴史短編集。（島内景二）
か-39-8

風野真知雄
耳袋秘帖
馬喰町妖獣殺人事件
裁きをひかえたお白洲で公事師が突然怪死を遂げた。〝マミ〟と呼ばれる獣、卵を産んだ女房……。馬喰町七不思議に隠された悪事を根岸肥前守が暴く！　人気書き下ろしシリーズ第十六弾。

か-46-22

風野真知雄
耳袋秘帖
妖談うつろ舟
江戸版UFO遭遇事件と目される「うつろ舟」伝説。深川の白蛇、幽霊を食った男……。怪奇が入り乱れる中、闇の者とさんじゅあんの謎を根岸肥前守はついに解き明かすのか？　堂々完結篇。

か-46-23

梶 よう子
一朝の夢
朝顔栽培だけが生きがいで、荒っぽいことには無縁の同心・中根興三郎は、ある武家と知り合ったことから思いもよらぬ形で幕末の政情に巻き込まれる。松本清張賞受賞。（細谷正充）
か-54-1

北方謙三
杖下《じようか》に死す
剣豪・光武利之が、私塾を主宰する大塩平八郎の息子、格之助と出会ったとき、物語は動き始める。幕末前夜の商都・大坂を舞台に至高の剣と男の友情を描ききった歴史小説。（末國善己）
き-7-10

（　）内は解説者。品切の節はご容赦下さい。

北方謙三
独り群《ぐん》せず
大塩の乱から二十余年。武士を辞めて、剣を揮う手に包丁をもちかえた利之だが、乱世の相は大坂にも顕われる。『杖下に死す』続篇となる歴史長篇。舟橋聖一文学賞受賞作。（秋山　駿）
き-7-11

北原亞以子
恋忘れ草
女浄瑠璃、手習いの師匠、料理屋の女将など江戸の町を彩るキャリアウーマンたちの心模様を描く直木賞受賞作。表題作の他、「恋風」「男の八分」「後姿」「恋知らず」など全六篇。（藤田昌司）
き-16-1

北原亞以子
あんちゃん
江戸に出た若い百姓が商人として成功した後に大きなものを失ったことに気づく表題作など、江戸を舞台にしながら現代に通じる深いテーマを名手が描く。珠玉の全七話。（ペリー荻野）
き-16-8

北　重人
白疾風《しろはやち》
金鉱脈に、埋蔵金？　武蔵野の谷にひっそりと暮らす村をめぐって、風魔などが跳梁する。昔、伊賀の忍びとして活躍した三郎は、自分の村を守るため村人と共に闘う。（池上冬樹）
き-27-3

北　重人
月芝居
天保の御改革のために江戸屋敷を取り壊され、分家に居候中の留守居役。国許からは早く屋敷を探せと催促され、江戸中を駆け回るうちに失踪事件に巻き込まれるのだが……。（島内景二）
き-27-4

五味康祐
柳生武芸帳（上下）
散逸した三巻からなる「柳生武芸帳」の行方を巡り、柳生但馬守宗矩たちと、長年敵対関係にある陰流・山田浮月斎一派が繰り広げる死闘、激闘。これぞ剣豪小説の醍醐味！（秋山　駿）
こ-9-13

小前　亮
蒼き狼の血脈
チンギス・カンの死後、熾烈を極める後継者争いに背を向け、モンゴル帝国の拡大に力を尽くした名将バトゥ。史上空前の東方遠征を成功に導き、後世に賢明なる王《サイン・カン》と呼ばれた男の生涯。
こ-44-1

文春文庫　最新刊

陰陽師　酔月ノ巻　夢枕獏
可愛さ故に子を喰らおうとする母。今宵も安倍晴明が都の怪異を鎮める

電光石火　内閣官房長官・小山内和博　濱嘉之
警視庁公安部出身の筆者が、徹底的なリアリティーで描く新シリーズ

明日のことは知らず　髪結い伊三次捕物余話　宇江佐真理
伊与太が秘かに憧れていた女が死んだ。円熟の筆が江戸の人情を伝える

定本　百鬼夜行　陽　京極夏彦
人の心に棲む妖しのもの……。百鬼夜行シリーズ最新短篇集、初の文庫化

定本　百鬼夜行　陰　京極夏彦
妄執、疑心暗鬼、得体の知れぬ闇――。百鬼夜行シリーズ、第一短篇集

おまえじゃなきゃだめなんだ　角田光代
ずっと幸せなカップルなんてない。女子の想いを集めたオリジナル短篇集

神楽坂謎ばなし　愛川晶
冴えない女性編集者が落語の世界へ飛び込んだ。書き下ろしミステリ作品

小町殺し　山口恵以子
錦絵に描かれた美女の連続殺人事件の行方。松本清張賞作家の書き下ろし

球界消滅　本城雅人
球団再編。MLBへの編入。日本球界への警鐘ともいえる戦慄の野球小説

大人の説教　山本一力
プロの技に金を惜しむな！　同胞よ、日本人の美徳を大切に生きよう

ある小さなスズメの記録　人を慰め、愛し、叱った、誇り高きクラレンスの生涯　クレア・キップス　梨木香歩訳
愛情こめて育てられたスズメの驚くべき才能。世界的ベストセラーの名作

何度でも言う　がんとは決して闘うな　近藤誠
「放置療法」とは何か。がん治療の常識を覆した反骨の医師の集大成

私が弁護士になるまで　菊間千乃
人気女子アナから弁護士へ。人生をやり直すのに遅すぎることはない！

三国志談義　安野光雅　半藤一利
曹操69点、劉備57点、孔明は……？　三国志を愛する薀蓄過剰なふたり

オトことば。　乙武洋匡
ネガティブだっていいじゃない！　ツイッターでの人生問答サプリメント

腹を抱へる　丸谷才一エッセイ傑作選1　丸谷才一
ゴシップから美味しい話まで。軽妙洒脱な知的ユーモアをご堪能ください

本朝甲冑奇談　東郷隆
甲冑には戦国武将の野望と無念が秘められている。歴史マニア垂涎の物語

光線　村田喜代子
放射線治療と原発事故。ガンを克服した芥川賞作家が「いま」を見つめて

人生、何でもあるものさ　本音を申せば⑧　小林信彦
こんな時代を憂い、映画を愛す。個人の愉しみを貫くエッセイの真骨頂

ジブリの教科書8　**平成狸合戦ぽんぽこ**　スタジオジブリ　十文春文庫編
1994年の邦画配給収入トップ！　人気作家たちがぽんぽこに夢中

シネマ・コミック8　**平成狸合戦ぽんぽこ**　原作・脚本・監督　高畑勲
タヌキだってがんばってるんだよォ。オリジナル編集で大ヒット作が甦る